Hugo Wiener · Seid nett zu Vampiren

Hugo Wiener

Seid nett zu VAMPIREN

Satiren

Zeichnungen von Rudolf Angerer

AMALTHEA

3. Auflage 1987

Schutzumschlag: Rudolf Angerer
Gesamtherstellung: Wiener Verlag, Himberg bei Wien
Printed in Austria 1987
ISBN 3-85002-071-1

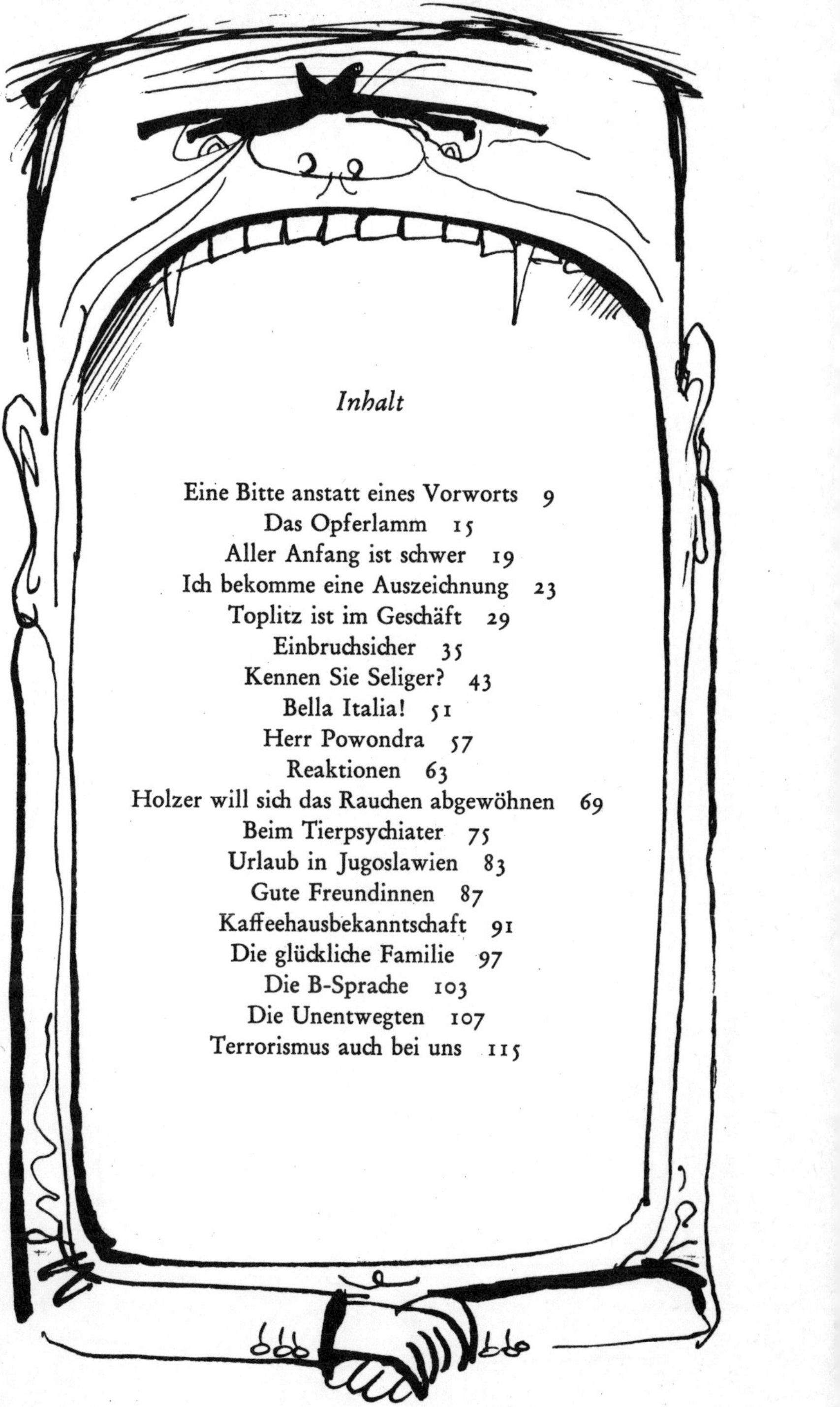

Inhalt

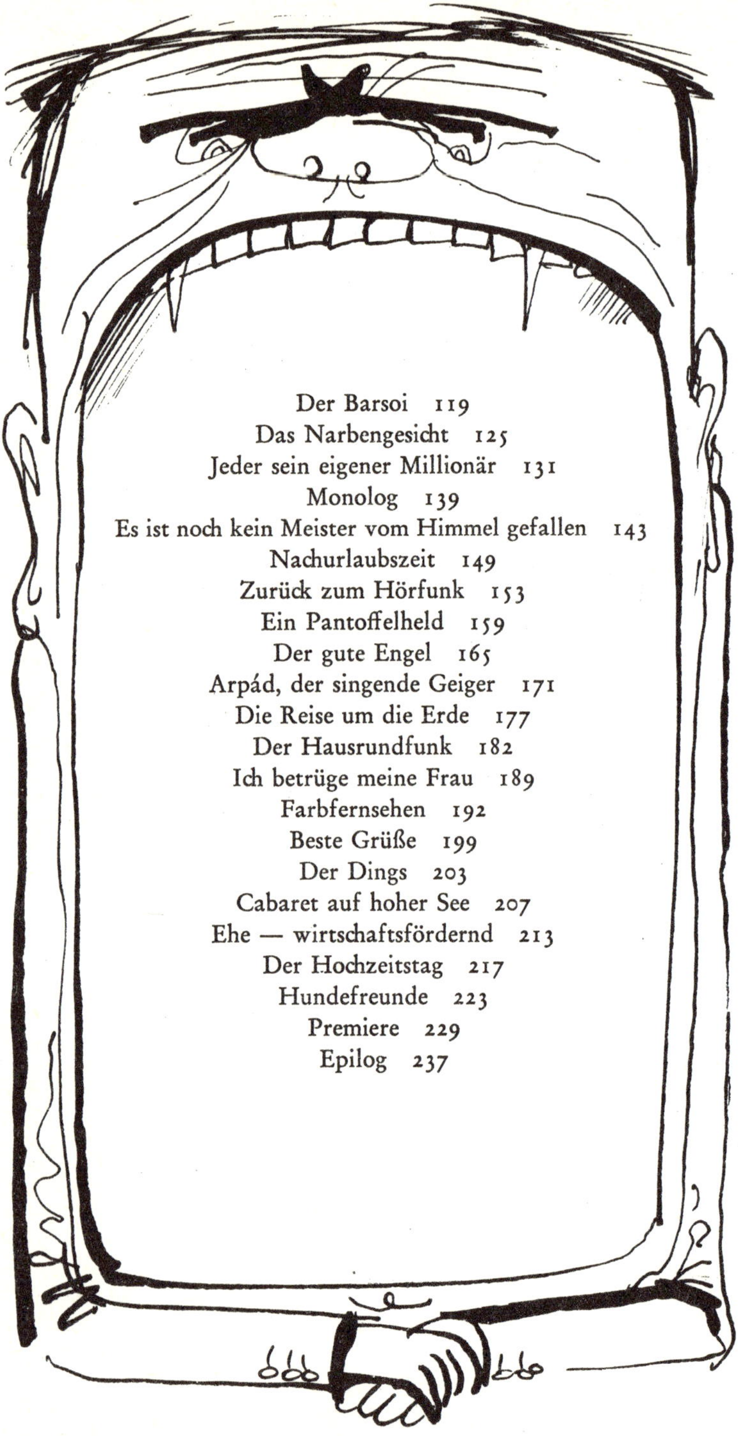

Meiner lieben Cissy
(Sie war immer nett zu mir)

Eine Bitte anstatt eines Vorworts

Man sagt: »Ein Mensch, der Hunde und kleine Kinder haßt, kann kein guter Mensch sein.«
Ich gehe weiter. Ich sage: »Ein Mensch, der *Vampire* haßt, kann kein guter Mensch sein.« Drum rate ich euch, Leute: SEID NETT ZU VAMPIREN!

Die Turmuhr schlug Mitternacht. (Den Satz muß ich wo gelesen haben.) Ich schlief, als ich plötzlich eine leichte Erschütterung verspürte. Ich wachte auf und erschrak. Auf meinem Bett saß ein Mann. Ein Einbrecher? Kaum. Der Mann war nach der Mode des 15. Jahrhunderts gekleidet, mit Wams, Halskrause, Barett und einem weiten grünen Mantel. Ich machte Licht.
»Wer sind Sie?« fragte ich verwundert.
Der Mann drehte mir ein trauriges Gesicht mit noch traurigeren Augen zu. »Ein Vampir«, sagte er.
Nun sah ich auch seine Zähne. »Wie sind Sie hier hereingekommen?« fragte ich.
»Durchs Fenster. Aber ich bin nicht mehr der Jüngste. Ich mußte einen Moment rasten, setzte mich auf Ihr Bett und habe Sie geweckt. Es tut mir leid«, fügte er hinzu.
»Sie brauchen sich nicht zu entschuldigen«, tröstete ich ihn. »Sagen Sie mir lieber, was Sie hier wollen.«
»Komische Frage«, meinte er. »Ihre Kehle wollte ich durchbeißen und Ihr Blut aussaugen. Sie hätten mein letztes Opfer sein sollen. Morgen wollte ich in Pension gehen.«

»Schon?«
»Schon?« wiederholte er. »Wissen Sie, wie alt ich bin? Sechshundertfünfzig Jahre.« Deshalb die mittelalterliche Tracht.
»Aber es ist nicht nur das Alter. Die Zähne wollen nicht mehr. Ich habe Zahnschmerzen. Können Sie sich einen Vampir mit Zahnschmerzen vorstellen?«
Ich mußte zugeben, ich konnte es nicht. »Wo leben Sie?« fragte ich, um etwas zu sagen.
Er sah mich erstaunt an. »Ich lebe nicht«, sagte er.
»Wo sind Sie tot?« korrigierte ich rasch.
»Oh«, meinte er, »ich kann mich nicht beklagen. Ich liege auf einem alten Burgfriedhof, das Grab ist sehr geräumig, jede Nacht um elf werde ich von Fledermäusen geweckt, und um zwölf muß ich bei meinem Opfer sein. Eine Stunde rechnet man für die Anreise.«
»Und das machen Sie jede Nacht?«
»Außer Montag. Montag ist Ruhenacht.«
»Und gehen Sie gern in Pension?«
»Ja. Es ist kein Leben mehr. Wenn ich an meine Jugend denke — so vor zwei-, dreihundert Jahren — hei, was war ich für ein Beißer! Zu den schönsten Jungfräuleins flog ich ins Kämmerlein. Heute? Beißt man eine Dame in die Kehle, hat sie den Hals mit Creme eingeschmiert, und man wird den Geschmack nicht los. Und Männer? Neulich hat man mir einen Wiener zugewiesen, der eben vom Heurigen gekommen ist. Ich habe ihn fachgerecht in die Kehle gebissen, habe ihm das Blut ausgesaugt und bin sechs Wochen lang mit einem Rausch herumgerannt. Wir Vampire vertragen keinen Alkohol. Überhaupt — was ist das heute für ein Blut? Dünn, alkohol- und nikotinhältig, unsauber durch die Umweltverschmutzung. Und diese Menschen! Sie brauchen uns nicht. Sie saugen sich gegenseitig das Blut aus. Wie waren wir Vampire früher gefürchtet. Der Friedhof, in dem ich liege, gehört zu einer Burg, die man restauriert

hat und die man im Sommer an Touristen vermietet. Neulich, nachts, erscheine ich in der Halle — plötzlich sehe ich einen Mann, im Pyjama, eine Kerze in der Hand — er erblickt mich und fragt: ›Wer sind Sie?‹ — ›Ein Vampiiiir!‹ sage ich so schaurig wie möglich. ›Ich spuke seit sechshundertfünfzig Jahren in dieser Burg!‹ Wissen Sie, was er darauf geantwortet hat? ›Das ist fein! Da werden Sie mir sagen können, wo die Toilette ist!‹«
Ich tröstete ihn. »Wenn Sie morgen sowieso in Pension gehen . . .«
»Kann ich ja nicht!« klagte er. »Da hätte ich Sie ja nicht wecken dürfen. Das ist der schlimmste Fehler, den ein Vampir begehen kann. Sobald ich nach Hause komme, macht man eine Blutuntersuchung, und wenn man kein fremdes Blut findet, bin ich erledigt. Dann werde ich wegen Berufsunfähigkeit pensioniert, und das ist blamabel.«
Er tat mir leid. »Ich mache Ihnen einen Vorschlag«, sagte ich. »Beißen Sie mich ein bißchen in den Hals — Sie müssen mich ja nicht totbeißen — und saugen Sie so viel Blut aus, wie Sie brauchen, damit die Untersuchung positiv ausfällt und Sie nicht vorzeitig pensioniert werden.«
»Das würden Sie erlauben?« fragte er strahlend.
»Gern«, sagte ich. Ich legte mich zurück und bot ihm meinen Hals dar.
Der Vampir beugte sich über mich, setzte vorsichtig zum Biß an und schrie: »Au!«
»Was gibt's?« fragte ich.
»Ich habe mir den linken Zahn ausgebissen.« Ich sah hin — er hatte recht. Der Zahn war weg, er hielt ihn zwischen den Fingern.
»Ich kann Ihnen einen Dentisten empfehlen«, sagte ich. »Dr. Wronsky.«
Er schüttelte traurig den Kopf. »Unsere Zähne sind nicht zu reparieren. Auf alle Fälle danke ich Ihnen für die Bereitwilligkeit, mit der Sie mir helfen wollten. Ich muß

fort.« Er kletterte auf das Fensterbrett, drehte sich noch einmal nach mir um und sagte: »So long!«
»So long!« sagte ich. Er breitete seinen Mantel aus und flog hinaus, müde wie ein Zugvogel, der eben die letzten paar Meter eines Afrika—Europa-Trips zurücklegt.
Ich sah ihm nach, bis er meinen Blicken entschwand. Ich wollte niemals ein Vampir sein, und nun wußte ich auch den Grund hiefür. Auch ein Vampir hat seine Sorgen. Und deshalb bitte ich Sie, liebe Menschen: »SEID NETT ZU VAMPIREN!«

Nur ein Schriftsteller vermag das Gefühl zu ermessen, das man hat, wenn man das zuletzt geschriebene Buch zum erstenmal gedruckt in die Hand bekommt. Man betrachtet es liebevoll wie ein Kind, das der Storch eben gebracht hat, man streichelt zärtlich seinen Einband, man öffnet es – und man ist zerbrochen. Wieder hat sich der Druckfehlerteufel eingeschlichen. Es gibt keinen Setzkasten, in dem man ihn nicht antrifft, und kein Exorzist kann ihn daraus vertreiben.
Ich mache nun einen Versuch. Ich werfe dir, lieber Druckfehlerteufel, meine ganze erste Geschichte zum Fraße hin. Nimm sie dir. Und dann verschone mich bitte, und laß dich in diesem Buch nicht mehr blicken!

Das Opferlamm

Maria Menotti, die berühmte Sängerin, wurde am Flugplatz von einem Haufen Kunst*d*ünger empfangen. Am Abend fand ihr Konzert statt. Schon nach ihrem ersten L*ei*d, »Mondnacht«, einem Stück für Flö*h*e und Gesang, klatschte man laut und schrie um die W*a*tte. Es war eine L*a*st, der Künstlerin zu lauschen. Selbst die Kritiker waren begeistert. »Sie hat einen äußerst *h*ohlklingenden Sopran«, sagte Dr. L*a*bl vom »Kurier« zu seinem Kollegen von der »*F*resse«. »Ja, ja«, meinte der letztere, »sie ist uns ja längst keine Fre*u*de mehr. Hoffentlich wird sie bald *n*iederkommen.« — »Sicher«, meinte Labl, »ich freue mich schon jetzt auf das Wiedergehen.«
Das Konzert war zu Ende. Die männliche Jugend brachte

Maria einen *L*ackelzug. Sie dankte und sprang in den *M*agen ihres Freundes. »Wohin?« fragte Graf Heribert. »Zum Hotel«, sagte Maria. Dort wartete man bereits auf sie. Man trank ungez*a*hlte Flaschen Sekt, und zum Schluß wurde noch eine P*a*nschbowle serviert. Nach allen Seiten w*a*nkend verließ Maria den Saal. Der Graf geleitete sie zu ihrer Suite. »Ich bin heiser«, sagte Maria. »Überanstrengung«, meinte der Graf, »du solltest ein paar Tage *h*ausieren.« Er drückte einen *F*uß auf ihre Stirn und ging auf sein Zimmer.

Maria betrat ihre Gemächer und prallte zurück. Da stand Toni — ihr geschiedener Gatte. Arm und herabgekommen. Man sah es ihm an: er war *s*att vor Hunger. Die Vergangenheit *l*achte auf. Maria stammte aus einem kleinen Dorf in Tirol. Toni war Fleischergeselle. »Nehmen Sie Mettwurst«, sagte er, als sie ihn zum erstenmal sah, »solange der Vorrat r*ie*cht.« Sie waren beide arm, aber sie liebten einander. »Hattest du vor mir schon einen andern?« fragte Toni. »Ne*u*n!« sagte Maria voll jungfräulicher Scheu. Und bald war alles so weit ge*l*iehen, daß sie heiraten konnten. Es war höchste Zeit. Maria bekam ein Kind — einen Knaben mit gesunden roten Wanzen. Toni war fleißig und bald gehörte das Geschäft ihm. Aber er ergab sich dem Trunk und verliebte sich in die Kellnerin Kathi. Sie war fremd im Dorf, und schon an ihrer Kleidung konnte man erkennen, daß sie aus *M*iederösterreich kam. Toni gab eine Tafel in das Schaufenster seines Geschäftes: »Wegen Abreise ver*s*aufe ich meinen Laden« — und nachdem er Maria alles gestanden hatte, war er zerschunden und versch*w*ollen. Maria ging nach Wien und nahm in einer Gürtelfabrik einen Posten als B*a*uchhalterin an. Dort entdeckte man ihre Stimme, bildete sie aus, und so zog sie, mit R*a*hm bedeckt, durch die ganze Welt. Und heute sah sie Toni wieder.

Es klopfte an ihre Tür. Toni versteckte sich hinter dem

Vorhang. »Herein!« sagte Maria. Graf Heribert trat, sichtlich nervös, ein. »Ich fürchtete, daß du schon schlafen könntest«, sagte er. Maria schüttelte das *T*öpfchen. Was war geschehen? Der Graf war ein berühmter *G*ammler. Seine Antiquitäten waren die kostbarsten der Welt. Sein wertvollstes Stück war ein seltsames Ge*s*äß, von dem er sich nicht zu trennen vermochte. Eben jetzt wollte er sich überzeugen, ob es noch da sei, da — o Schreck —, das Ge*s*äß war verschwunden. Maria durchzuckte es sofort. Toni! Sie riß den Vorhang zur Seite — Toni gestand den Diebstahl. Der Graf verzieh ihm. Ja, mehr noch. Er versprach, Toni auf dem Gut seines Freundes einen Posten als Kassier zu verschaffen. Die Kaution werde er für ihn ste*h*len. Maria drückte einen Schm*u*tz auf seine L*a*ppen. Er war ein Mensch, auf den man in jeder Situation *h*auen konnte. Ende.

Und nun be*r*innen wir — ohne Dr*e*ckfehler!

»Aller Anfang ist schwer. Nicht für Königssöhne, die bereits in der Wiege zu Generälen irgendwelcher Regimenter ernannt werden – nicht für Söhne, deren Väter in der Industrie eine gewichtige Rolle spielen und die später einmal nur deren Plätze zu übernehmen haben, sei es im Verwaltungsrat oder im Landesgericht – nehmen Sie aber, werter Leser, verehrte Leserin, einen Menschen wie mich: einfach, bürgerlich, weder Königssohn noch Fabrikantensprößling. Ich konnte wirklich sagen:

Aller Anfang ist schwer

Eines Tages setzte ich mich hin und entschloß mich. Wozu? Ich wußte es nicht. Mein Vater hatte kurz vorher zu mir gesagt: »Du hast jetzt die Schule hinter dir, du mußt dich entschließen, was du werden willst.« Also entschloß ich mich. Die verschiedensten Berufe gingen mir durch den Kopf. Gott sei Dank machte keiner von ihnen halt, sie waren allesamt nicht verlockend. Ich nahm den Duden her und ging ihn alphabetisch durch.
Arbeiter? Ich wollte nicht gleich an das Schlimmste denken. (In meiner Jugend gab es noch keine Gewerkschaften.) Beamter? War erst vom Sektionschef aufwärts interessant. Als Sektionschef anfangen kann man aber nicht. Cellospieler? Ich hatte noch nie ein derartiges Musikinstrument in der Hand gehabt. Casanova? Hätte mir zugesagt, war aber kein Beruf. Dachdecker, Dechant, Defraudant? Nichts. Earl? Schwer möglich. Ich kam zum »F«. Fachmann? Wäre

nicht schlecht, ich hätte nur Gutachten abzugeben, der Beruf schien mir aber von dem genauen Wissen irgendeines Faches abzuhängen. Friseur? Stellte mich vor die schwere Entscheidung, ob Herren oder Damen. »G«. Gaskassier? Kam nicht in Frage. Gaskassiere pflegen ihre Arbeit um sieben Uhr früh zu beginnen, und ich war kein Frühaufsteher. (Im Vertrauen, ich bin es heute noch nicht.) Plötzlich stieß ich auf »Goethe, Johann Wolfgang, deutscher Dichter«. Es gab mir einen Ruck. Das war es. Ich mußte ja kein zweiter Goethe werden, mir genügte ein dritter Schiller. Ein Dichter kann am Morgen im Bett bleiben, solange es ihm gefällt; wenn er erst um zehn Uhr zu dichten beginnt, ist auch nichts dabei. Ich begann also zu dichten, gab es aber wieder auf, als man mir sagte, daß »Heim« kein Reim auf »klein« sei und daß die Zeile »Ich weiß nicht, was soll es bedeuten« bereits Heinrich Heine eingefallen war. Und das lange vor mir. Ich fand solche Einwände kleinlich. Aber mußte ich denn unbedingt Dichter werden? Ich könnte doch auch ein anderes literarisches Fach wählen. Wie wäre es mit Schriftsteller? Auch ein Schriftsteller braucht nicht um sieben Uhr früh aufzustehen. Ich sagte es meinem Vater, mein Vater sagte es Onkel Adolf.
»Schriftsteller willst du werden?« fragte Onkel Adolf. »Was, um Gottes willen, willst du schreiben?«
»Romane«, sagte ich.
»Romane?« wiederholte Onkel Adolf verständnislos. »Wozu willst du Romane schreiben? Die bekommt man doch für hundertfünfzig Schilling fertig zu kaufen?« Onkel Adolf verstand nichts von Literatur.
Ich setzte mich hin und schrieb einen Roman. Und fand, daß Romane schreiben nicht so einfach ist.
»Versuche es mit einer Kurzgeschichte«, riet mir ein Schulkollege. »Das ist vielleicht dankbarer.« Kurzgeschichten, dachte ich mir, das wird es sein. Auch ein Kurzgeschichtenschreiber kann schlafen, solange es ihn freut. Ich schrieb also

BEISTRICHE

eine Kurzgeschichte, und das war wirklich dankbarer. Jeder Verlag, dem ich sie einschickte, schickte sie mir mit Dank zurück. Endlich versuchte ich es mit einer Zeitung. Ich muß zugeben, daß ich damals auf nicht sehr gutem Fuß mit den Interpunktionszeichen stand. Besonders die Beistriche waren meine Schwäche. Wann nicht und wann ja? Heute ist das nicht mehr so wichtig. Heute hat jeder Autor, der auf sich hält, seine eigene Grammatik. Ich schickte also meine Kurzgeschichte an die Redaktion einer Zeitung, die längst in die ewigen Jagdgründe eingegangen ist. Und ich schrieb folgenden Brief dazu:
»Sehr geehrter Herr Redakteur! Sende Ihnen anbei eine Kurzgeschichte. Die Beistriche, bitte, machen Sie.« Ich hielt das für äußerst witzig. Nach acht Tagen kam die Antwort:
»Sehr geehrter Herr! Das nächstemal schicken Sie uns die Beistriche, und die Kurzgeschichte machen wir.«

Sollten in *dieser* Kurzgeschichte zu viele Beistriche sein, bitte ich Sie, diese zu streichen. Sollten es zu wenige sein, bitte ich Sie, sich zu bedienen: ,,,,,,,,,,,,,,.

Viele Jahre scheute ich mich, den Wiener Opernball zu besuchen. Ich wollte nicht oben ohne gehen. Ich meine, ohne Orden auf dem Frack. Doch eines Tages konnte auch ich sagen:

Ich bekomme eine Auszeichnung

Dr. Wronsky rief mich an und gratulierte. Gleich darauf gratulierten Dr. Robinson, Joschi und Pfandl, Fellner und Strelitzer, Schmiedl und Pelikan. Sie alle hatten es in der Zeitung gelesen: Der Bundespräsident hat mir eine Auszeichnung verliehen, die mir am kommenden Freitag überreicht werden sollte.

»Na, so was!« rief ich erstaunt. »Davon weiß ich ja gar nichts! Das ist aber eine freudige Nachricht!«

Natürlich wußte ich es schon längst. Um eine Auszeichnung zu bekommen, braucht man eine Institution (bei mir war es ein österreichischer Schriftstellerverband), die bei dem zuständigen Ministerium (bei mir war es das Ministerium für Unterricht) einen diesbezüglichen Antrag zu stellen hat. Diesem Antrag muß ein genauer Lebenslauf beigelegt werden, den man persönlich zu schreiben pflegt, also muß man es wissen. Und selbst wenn ein anderer den Lebenslauf schriebe, wüßte man es, weil sich das Ministerium schriftlich erkundigt, ob man überhaupt gewillt ist, die Auszeichnung anzunehmen. Ich wußte es also. Trotzdem tat ich bei jedem Anruf überrascht und sagte sogar, als mir mein Schwager mitteilte, daß er sich den Fuß gebrochen habe: »Na, so etwas! Davon weiß ich ja gar nichts! Das ist aber eine freudige Nachricht!«

Natürlich werde ich bei der Überreichung der Auszeichnung eine Rede halten. Nicht, daß ich nicht frei sprechen könnte — ich habe schon bei mancher Premierenfeier so geschickt gesprochen, daß die Anwesenden überzeugt waren, daß mein Stück ein Erfolg gewesen war — aber diesmal war es etwas anderes. Diesmal wird ein Minister anwesend sein, vielleicht sogar mehrere Minister, möglicherweise der Bundespräsident himself — da ist es schon besser, wenn man sich eine Rede schreibt und sich diese dann spontan einfallen läßt. Meine Frau war derselben Ansicht. Also setzte ich mich hin und schrieb: »Sehr verehrter Herr Minister! Verehrte Festgäste! Diese Krönung meiner bescheidenen Arbeit beschämt mich. Der feierliche Anlaß, der uns zusammenführt, erfüllt mein Herz mit stolzer Freude usw. usw.« Nun habe ich seit meiner Schulzeit nichts mehr auswendig gelernt, und vergessen, wie schwierig das ist. Ich lernte eine, zwei, drei Stunden, bis ich meine Frau bat, mich abzuhören. Ich begann: »Sehr verehrter Herr Minister! Verehrte Festgäste! Diese bescheidene Krönung meiner Arbeit beschämt mich.«

»Umgekehrt«, sagte meine Frau.

»Wieso?«

»Weil es heißt: ›Diese Krönung meiner bescheidenen Arbeit beschämt mich.‹ Du kannst nicht sagen: ›Diese bescheidene Krönung.‹«

»Natürlich nicht.«

»Also.«

»Sehr verehrter Herr Minister!« begann ich wieder. »Verehrte Festgäste! Diese beschämende Krönung meiner Arbeit —«

»Falsch!« unterbrach mich meine Frau gereizt. »Es ist keine beschämende Krönung, es ist eine Krönung deiner bescheidenen Arbeit, die dich beschämt.«

»Natürlich.«
»Also.« Sie beruhigte sich wieder.
Ich begann von neuem: »Sehr verehrter Herr Minister! Verehrte Festgäste! Diese Krönung meiner bescheidenen Arbeit beschämt mich.«
»Gut. Weiter!«
»Der feierliche — was?«
»Was was?«
»Mir fällt das Wort nicht ein. Der feierliche —?«
»Anlaß.«
»Stimmt. Der feierliche Anlaß, der uns heute zusammenführt, erfüllt — was?«
»Was was?«
»Was erfüllt er?«
»Dein Herz.«
»Und womit?«
»Mit stolzer Freude.«
»Richtig.«
»Vom Anfang.«
»Gut. Sehr verehrter Herr Minister! Verehrte Festgäste! Diese Krönung meiner beschämenden Arbeit —«
»Falsch!« schrie meine Frau. Ich kannte diesen Ton. Er gleicht dem Donner, der ein Gewitter ankündigt. »Merk dir doch: Krönung — bescheidene Arbeit — beschämt mich! Sag es dir vor! Ein paarmal hintereinander!«
»Krönung — bescheidene Arbeit — beschämt mich«, begann ich unglücklich. »Krönung — bescheidene Arbeit — beschämt mich.«
»Noch einmal!«
»Krönung — bescheidene Arbeit — beschämt mich. Krönung — beschämende Arbeit —«
»Bescheidene Arbeit!« Meine Frau, das unberechenbare Wesen, rang die Hände. »Vom Anfang!«
»Verehrter Herr Minister! Verehrte Gästfeste!«
»Festgäste! Himmelherrgottnocheinmal!« Sie begann zu

weinen. Auch ich hatte Tränen in den Augen. »Ich kann nicht!« sagte ich. »Ich muß es überschlafen.«
Ich überschlief es. Eine, zwei, drei Nächte. Umsonst. Ich konnte mich auf alles konzentrieren, nur nicht auf meine Rede. Ich holte mir Rat bei einem mir bekannten Schauspieler, der den Faust gespielt hatte — beide Teile an einem Abend —, ohne steckenzubleiben.
»Ich habe einen Trick«, gestand er. »Ich spreche die Rolle auf Tonband, lasse das Band die Nacht über laufen — Resultat? Ich lerne im Schlaf.« Einleuchtend. Ich kaufte mir einen Kassettenrecorder, sprach die Rede auf Tonband, ließ das Band die Nacht über laufen — Resultat? Ich machte kein Auge zu. Müde schleppte ich mich dahin. Mein Gesicht hatte eine Farbe, die meine Frau bewog, mich zu ihrer Schneiderin mitzunehmen, da sie schon lange ein Kleid in einem so zarten Grün haben wollte.
Ich beschloß, mich härter zu behandeln. Jeder Schulbub, sagte ich mir, kann seine Aufgabe auswendig lernen, und du wirst nicht einmal mit einer dummen Rede fertig, die du noch dazu selbst geschrieben hast? Ich versuchte es wieder und wieder — und plötzlich war es soweit. Ich konnte die Rede auswendig, Wort für Wort, Silbe für Silbe. Meine Frau prüfte mich — es ging fehlerlos. Noch fehlten drei Tage bis zur Überreichung der Auszeichnung, also Zeit genug. Meine Frau hörte mich täglich viermal ab. Einmal nach dem Frühstück, einmal nach dem Mittagessen, einmal nach dem Abendessen und einmal mitten in der Nacht. Sie weckte mich, nur um zu sehen, ob ich die Rede, wie man sagt, auch im Schlaf könne. Ich konnte sie.
Der einst so gefürchtete Tag kam heran. Ich ging ins Badezimmer, um mich zu rasieren. Ich nahm meine Rede durch, wie ich sie in den letzten Tagen immer wieder durchgenommen hatte. Auf der Straße, im Kaffeehaus, im Taxi. Auf der Straße wäre ich bald in ein Auto gelaufen, im Kaffeehaus schüttete ich Salz in den Kaffee, und im Taxi

sagte ich zu dem Chauffeur: »Sehr verehrter Herr Minister!« Am letzten Abend waren meine Frau und ich in der Oper. Man gab »Die Fledermaus«, und ich sang mit dem Darsteller des Orlofsky zweistimmig. Während *er* sang: »'s ist mal bei mir so Sitte — chacun à son goût«, sang *ich* — natürlich nur im Geist: »Verehrter Herr Minister! Verehrte Festgästé!« Ich mußte das letzte e betonen — verehrte Festgästé — aber ich war meiner Sache so sicher, daß mich nicht einmal das aus der Fassung bringen konnte. Ich sang meine Rede fehlerlos zu Ende.

Nun also stand ich, kaltblütig wie Roger Moore als 007, vor dem Rasierspiegel und begann: »Sehr verkehrter Herr Minister!« Ich stutzte. Was war das? Hatte ich »sehr verkehrter« gesagt? Unmöglich. Ich versuchte es noch einmal: »Sehr verkehrter Herr Minister!« Da war es wieder. Wütend stampfte ich mit dem Fuß auf den Boden und schnitt mich mit der Rasierklinge in die Wange. Das Blut floß. Egal. »Sehr verkehrter Herr Minister!« Wieder! Das sind die Nerven. Aber weiter! Wenn ich erst das andere kann, werde ich auch den Anfang wieder können. »Verehrte Freßgäste!« Falsch! Aber weiter! »Diese gekrönte Beschämung meiner feierlichen Arbeit erfüllt den Stolz, der mein Herz zusammenführt ...« Aus. Es war weg. Ich stürzte aus dem Badezimmer und schrie: »Ich habe sie vergessen!«

»Wen?« fragte meine Frau.

»Die Rede!« stöhnte ich.

»Sei kein Kind!« sagte meine Frau. »Du bist nervös. Ich weiß, daß du sie im Schlaf kannst. Fang an.«

Ich nahm meine ganzen Kräfte zusammen. »Verhehrender Herr Minister!«

»Falsch!«

»Vermießter Heeresverehrer!«

»Falsch!!«

»Verehrte Gastarbeiter!«

»Falsch!!!«

»Meine feierliche Beschämung, die . . . es geht nicht!«
Ich schluchzte wie ein Autor, der soeben erfahren hat, daß das Buch eines Kollegen unter Nr. 1 auf der Bestsellerliste steht. »Es geht nicht!« jammerte ich. »Ich lehne die Auszeichnung ab!«
»Das kannst du nicht!« sagte meine Frau streng. »Ich werde dir einen Ausweg sagen: Du setzt dich zum Schreibtisch, nimmst einen Bogen Papier, tippst die Rede herunter und liest sie einfach ab. Die Leute werden dich zwar für ein Schaf halten, aber besser das, als steckenzubleiben.«
Ich dankte ihr. Sie hatte mir, wie schon so oft, aus der Not geholfen. Ich setzte mich hin und tippte.
Zwei Stunden später saßen wir im Audienzsaal des Bundesministeriums für Unterricht. Außer mir warteten noch zwei Herren auf eine Auszeichnung. Beide waren aufgeregt. Ich nicht. Warum sollte ich auch? Ich hatte meine wunderbare Rede in der Tasche.
Der Minister wandte sich zuerst an die beiden andern. Sie bekamen ihre Auszeichnungen und stotterten ihren Dank herunter, daß ich mich für sie schämte. Ich freute mich schon auf die Überlegenheit, mit der *ich* dem Minister antworten werde. Ich brauchte ja nur zu lesen.
Der Minister kam zu mir. Er sprach ein paar herzliche Worte, überreichte mir den Orden, und nun kam ich dran: »Sehr verehrter Herr Minister! Verehrte Festgäste!« Nonchalant griff ich in die rechte Brusttasche meines Smokings, während ich weitersprach: »Diese Krönung meiner bescheidenen Arbeit beschämt mich.« Plötzlich überkam es mich. Ich sah mein kleines Arbeitszimmer vor mir, die Bibliothek, das Klavier und den Schreibtisch. Auf einem dieser Möbelstücke hatte ich die verdammte Rede liegenlassen.

Man sagt, Elefanten und Ehefrauen haben das beste Gedächtnis. Daß ich keines von beiden bin, kann man mir nicht zum Vorwurf machen.

Lügen haben kurze Beine, die aber sehr schnell laufen können.
(Hugo Wiener)*

Toplitz ist im Geschäft

Toplitz war Schauspieler. Engagementlos. Wieso? Keine Ahnung. Toplitz hatte schon ganz nette Rollen verkörpert, er hatte sich auf dem Theaterzettel vom 3. Diener über den 2. Verschwörer bis zum 1. Offizier hinaufgespielt, er bekam Partien, die im Programmheft einen Namen trugen, wie den O'Kelly in »Maria Stuart« — er hatte zwar bloß zu sagen: »Flieht, Mortimer, flieht! Alles ist verloren!« — aber immerhin. Trotz allem — Toplitz war mit seiner Karriere nicht zufrieden. Er ging an ein kleines deutsches Theater, dann an ein noch kleineres, und dann an das allerkleinste. Aber je kleiner die Theater waren, desto größer wurden die Rollen, die er spielte. Und eines Tages holte man ihn nach Wien zurück. Für eine Hauptrolle an eine Kellerbühne, für eine Nebenrolle an ein Kabarett, Toplitz war im Kommen — plötzlich war es aus. Wieso? Siehe oben. Es ist oft so im Theaterleben. Kaum ist man in, ist man wieder out. Natürlich durfte niemand wissen, daß Toplitz, wie man im Bühnenjargon so schön sagt, »nicht mehr im Geschäft ist«. Ein Künstler, der nicht mehr im Geschäft ist, kommt nie wieder ins Ge-

* Ich schwöre!

schäft. Also mußte er lügen. Neulich fragte ihn Dr. Wronsky: »Wo spielen Sie, Toplitz? Man sieht Sie nirgends mehr.« Und Toplitz antwortete: »Ich bin erst gestern zurückgekommen. Ich habe vom 1. bis 10. April in München Fernsehen gemacht, bleibe zwei Tage hier und fliege übermorgen nach Berlin, wo ich vom 14. April bis zum 2. Mai als Higgins in ›My fair Lady‹ gastiere.« — »Gratuliere!« sagte Wronsky respektvoll. »Wenn Sie zwei Tage hier sind, kommen Sie doch heute zu uns zum Abendessen!« — »Gern!« sagte Toplitz. So war er dahintergekommen, daß ihm seine imaginären Engagements nicht nur die größte Achtung, sondern auch Einladungen verschafften.

Natürlich waren außer ihm noch andere Gäste bei Wronskys. Die Ehepaare Knoll, Wimmer und Pfandl.

»Unser Freund«, sagte Knoll und meinte damit den Hausherrn, »hat uns erzählt, daß Sie so stark beschäftigt sind, Herr Toplitz. Sonst hätten wir Sie gern auch zu uns gebeten.«

»Ach ja!« flötete Frau Knoll.

Toplitz zückte seinen Taschenkalender. »Moment!« sagte er und las: »Bis 2. Mai, Higgins in Berlin — vom 4. bis 15. Mai, Higgins in Zürich. Am 16. bin ich in Wien, habe aber bereits am 17. wieder Fernsehen in Wiesbaden.«

»Dann am sechzehnten«, schlug Knoll vor.

»Bitte, bitte!« flehte seine Frau.

»Es wird zwar knapp ausgehen, aber wenn Ihnen soviel daran liegt ...« meinte Toplitz gnädig.

»Und was ist mit uns?« fragte Frau Wimmer, süßsauer lächelnd. Sie war wütend, daß ihr die Knolls zuvorgekommen waren. »Sie werden doch auch uns das Vergnügen schenken?«

Toplitz lächelte. »Von Herzen gern, gnädige Frau, aber wann?« Er blickte wieder in den Kalender. »Am 24. Mai komme ich von Wiesbaden, am 26. fliege ich nach Hamburg, am 25. habe ich vormittags eine Besprechung, am Nachmittag probiere ich die Kostüme für Hamburg . . .«

»Wie wäre es mittags?« fragte Wimmer.

Toplitz überlegte. »Mittags könnte ich es schaffen.«

»Dann erwarten wir Sie am 25. Mai zum Mittagessen«, sagte Frau Wimmer und warf Frau Knoll einen triumphierenden Blick zu.

»Und wir?« fragte Pfandl. »Was ist mit uns?«

»Ach ja!« sagte Frau Pfandl und setzte ihr schönstes Schmollmündchen auf.

Toplitz blätterte. »Ab 27. Mai spiele ich in Hamburg an acht Abenden den Othello — ich könnte am 5. Juni in Wien sein . . .«

»Abgemacht — 5. Juni«, sagte Pfandl.

Toplitz kam die Einladung scheinbar ungelegen. »5. Juni . . .«, wiederholte er zögernd. »Vom 5. bis zum 12. Juni habe ich mir mit Mühe acht Tage reserviert. Sie verstehen . . . man braucht einmal Urlaub . . .«

»Den verbringen Sie bei uns«, sagte Frau Pfandl schnell. »Wir haben ein Haus in Anif bei Salzburg, mit einem entzückenden Gästezimmer. Sagen Sie nicht nein!« setzte sie bittend hinzu. »Also gut, gnädige Frau — ich komme.«

Frau Knoll biß sich wütend auf die Unterlippe, während sich Frau Wimmer die Fingernägel ins Fleisch preßte. Das Essen kam. Toplitz delektierte sich daran. »Es ist wunderbar!« sagte er. »Wenn man, so wie ich, gezwungen ist, monatelang in Hotels zu essen . . .«

Fünf Tage später traf Knoll Toplitz auf der Straße. »Ich denke, Sie sind in Berlin?« fragte er verwundert.

»Ich *war* in Berlin«, antwortete Toplitz. »Ich habe das Gastspiel abgebrochen. Man hat mir eine Partnerin zugemutet — direkt aus der Theaterschule.«

»Da können Sie doch heute abends bei uns speisen?«

Toplitz zierte sich. »Das können Sie Ihrer Frau nicht antun . . . so im letzten Moment . . .«

»Unsinn«, sagte Knoll. »Kommen Sie gleich mit. Wir sind immer auf Gäste vorbereitet.« Toplitz ging mit. Es gab ein köstliches Abendessen.

Toplitz war glücklich. Die Einladungen brachten eine angenehme Abwechslung seines Speisezettels, für seinen Urlaub hatte er auch vorgesorgt, und die Arbeitslosenunterstützung kam pünktlich per Post ins Haus.

Knoll kannte Lichtmann, der als Abteilungsleiter beim ORF beschäftigt war. Stolz erzählte er ihm, daß Toplitz bei ihm gegessen habe.

»Toplitz?« fragte Lichtmann. »Wer ist Toplitz?«

Knoll lachte. »Das wissen Sie nicht? Toplitz ist einer der meistbeschäftigten österreichischen Schauspieler. Ein Mann, der in ganz Europa gastiert.«

Lichtmann kam ins Büro und rief seinen Stab zu sich. »Warum erzählt mir niemand, daß wir in Österreich einen göttlichen Schauspieler besitzen, der überall zu sehen ist, nur nicht bei uns?« Lichtmanns Mitarbeiter sahen einander an. »Wer ist dieser göttliche Schauspieler?« fragte Zebisch, der Regisseur. »Toplitz.«

Wieder sahen die Mitarbeiter einander an. Toplitz? Seit wann ist Toplitz ein göttlicher Schauspieler?

»Ich wünsche, daß Toplitz für die nächste Eigenproduktion von uns engagiert wird!« sagte Lichtmann energisch.

Zebisch rief bei Toplitz an. Toplitz kam persönlich zum Apparat.

»Ja?« fragte er.

»Herr Toplitz?«

»Ja.«

»Hier Regisseur Zebisch vom ORF. Wir hätten Ihnen eine Rolle anzubieten. Vierzehn Tage.«

»Und wann?«

»Vom 1. bis zum 15. Mai.«

»Hm«, machte Toplitz. »Lassen Sie mich nachsehen.« Er nahm seinen Kalender zur Hand. »Schade«, sagte er be-

dauernd. »Das schneidet sich mit einem andern Termin.« Er glaubte selbst schon an seine Termine. »Vom 4. bis 15. Mai bin ich in Zürich.«
»Dann vielleicht ein andermal«, meinte Zebisch erleichtert. »Auf Wiedersehen!« Er legte den Hörer auf.
Toplitz griff sich an den Kopf. Was war das? Er hatte eine Fernsehrolle abgelehnt? Warum? Er war doch gar nicht in Zürich?
Zebisch meldete Lichtmann, daß Toplitz nicht frei sei. Lichtmann tobte. »Das gibt es nicht!« schrie er. »Sie müssen es möglich machen! Sagen Sie ihm, wir werden ihm in allem entgegenkommen!«
Zebisch ging wieder ans Telefon: »Herr Toplitz?«
»Ja . . .«
»Hier Zebisch. Wir brauchen Sie und werden keine finanziellen Kosten scheuen. Fahren Sie doch einfach jeden Abend nach der Vorstellung mit dem Schlafwagen nach Wien. Am Vormittag zeichnen wir auf, und am Nachmittag fliegen Sie mit der Maschine zurück.«
»Ein bißchen strapaziös«, überlegte Toplitz. »Wie ist es denn mit der Gage?« Zebisch nannte einen hohen Betrag.
»Also gut«, entschied Toplitz seufzend, »ich nehme es auf mich.«
»Danke, Meister!«
Toplitz bekam im Mai vierzehn Tage hindurch täglich eine Schlafwagenkarte Zürich—Wien sowie ein Flugticket Wien—Zürich. Im Reisebüro »Kolumbus«, dessen Inhaber ihm bekannt war, ließ er jeden Tag Bahnfahrt und Flug stornieren und bekam, nach Abzug von 15 Prozent, eine — gemessen an seinem bisherigen Einkommen — große Stange Geld.
Im Atelier war man von seiner Leistung begeistert. »Toplitz ist ganz groß geworden!« sagte man. Kein Wunder. Umsonst ist man nicht so gesucht.
Toplitz bekam einen Filmvertrag. Diesmal beschloß er,

sein Gastspiel an einen Ort zu verlegen, der von Wien weiter entfernt war als Zürich.
»Wann brauchen Sie mich?« erkundigte er sich.
»Vom 6. Juli bis zum 1. August.«
»Ganz ausgeschlossen«, sagte Toplitz. »Vom 10. Juli bis zum 20. Juli spiele ich in Stratford-on-Avon, der Geburtsstätte Shakespeares, den ›Kaufmann von Venedig‹.«
»Das soll Sie nicht abhalten«, meinte der Produzent. »Wir stellen Ihnen ein eigenes Flugzeug. Sie fliegen jeden Abend, nach der Vorstellung, von Stratford nach Wien, drehen bei uns, und fliegen am Nachmittag nach Stratford zurück.«
»Ich brauche kein Flugzeug«, sagte Toplitz, »ich brauche die Tickets. Außerdem fällt mir eben ein, daß ich am 25. Juli in New York bin. Ich drehe einen Werbespot in einer Serie, in der gezeigt wird, wie die größten Schauspieler der Welt Coca-Cola trinken. Für Deutschland trinkt Boy Gobert, für Frankreich Belmondo, für Italien Mastroianni und für Österreich Toplitz. Ich muß mit drei Tagen Aufenthalt rechnen.«
»Das ist keine Sache. Wir zahlen Ihnen auch in diesem Fall das Flugticket, und für die drei Tage, die Sie nicht bei uns drehen, die volle Gage. Nur bitte, bitte, sagen Sie ja!«
Toplitz sagte »ja«. Die Journalisten rissen sich um Interviews, die Stadt Wien verlieh ihm den Josef-Kainz-Ring und der österreichische Bundespräsident das Große Goldene Ehrenzeichen der Republik. Auf der Autogrammbörse schnellte der Wert seiner Unterschrift sprunghaft in die Höhe. Gestern bekam man noch für zehn Peter Alexander einen Emmerich Toplitz, heute mußte man bereits einen Sir Laurence Oliver (sehr selten) dazulegen, und morgen — so raunte man sich zu — wird Toplitz' Unterschrift nur noch im Schwarzhandel erhältlich sein.
Toplitz war ein Superstar geworden.

Wer sagt, daß Lügen nichts eintragen, ist selbst ein Lügner.

Ein Einbrecher ist ein Mensch, der glaubt, daß der Himmel nur dem hilft, der sich selber hilft. (Ichweißnicht v. Wem)

Einbruchsicher

Wir haben eine Wohnung in Wien und ein Haus auf dem Land. Die Wohnung in Wien ist gegen Feuer versichert, das Haus auf dem Land gegen Einbruch. In dem Haus auf dem Land hat es gebrannt, in der Wohnung in Wien wurde eingebrochen. Und das zweimal, während ich mit meiner Frau auf Weekend in dem Haus auf dem Land war. Also sprach meine Frau: »Wir brauchen ein Sicherheitsschloß.« Das Schloß wurde angebracht, zwei Wochen später wurde eingebrochen. Und nicht nur das. Auf dem Tisch lag ein Zettel: »Habe über Ihr Sicherheitsschloß sehr gelacht. Ihr Einbrecher.«

Also sprach meine Frau: »Wir brauchen einen Hund.« — »Während wir weg sind?« fragte ich. »Wer soll den Hund versorgen?« — »Unsere Hausbesorgerin wird ihn Gassi führen und wird ihm zu fressen geben«, sagte meine Frau, »und in der Nacht ist er da und bewacht unsere Wohnung.« Also ging ich hin und kaufte einen Hund. Der Tierhändler bot mir einen an. Einen großen. Eine Dogge. Sie war ein Weibchen und hieß Bella. Von seiten Bellas war es Liebe auf den ersten Blick. Sie sprang an mir hoch und leckte mir das Gesicht ab. »Sie brauchen sich nicht zu fürchten«, meinte der Tierhändler. »Bella beißt nicht.« —

»Beißt nicht«, sagte ich ängstlich, »aber vielleicht schluckt sie.« Ich erstand das Tier, wir bereiteten ihm einen Platz in der Küche und fuhren beruhigt auf Weekend.
Am Montag vormittag kamen wir zurück und sahen sofort: es war eingebrochen worden. Auf dem Tisch lag ein Zettel: »Danke für den freundlichen Hund. Er hat mich wedelnd begrüßt, und wir haben die ganze Nacht miteinander gespielt.« Wütend gingen wir in die Küche. Bella schlief. Das Spiel mit dem Einbrecher dürfte sie ermüdet haben. Als sie erwachte, erzählten wir ihr, was geschehen war. Bella schlug die Augen nieder, sie schämte sich. Wir konnten ihr nicht böse sein, nichtsdestoweniger brachte ich sie dem Tierhändler zurück.
»Was hat man mitgenommen?« fragte der Tierhändler, als ich ihm von dem Einbruch berichtet hatte.
»Fünftausend Schilling«, sagte ich.
»Ja, dann!« meinte der Tierhändler. »Dann verstehe ich alles. Bella war vorher bei sehr reichen Leuten. Auf so kleine Beträge ist sie nicht dressiert.« Er tauschte mir Bella gegen Romeo aus. »Romeo ist klein«, sagte er, »aber bissig.«
Er hatte recht. Auf dem Nachhauseweg biß Romeo zwei Hunde, einen Briefträger und mich, und als ich mich auf der Unfallstation verarzten ließ, biß er den Primarius und eine Dame. Eine zweite Dame rannte schreiend aus dem Haus, zwei Pfleger verfolgten sie und brachten sie irrtümlich auf die Psychiatrische Klinik, wo man sie nach gründlicher Untersuchung als nicht gemeingefährlich bezeichnete und in häusliche Pflege entließ. Das Stückchen Weg von der Tierhandlung über die Unfallstation bis nach Hause brachte mir sechs Klagen ein, von denen ich noch nicht weiß wie sie ausgehen werden.
Als ich meiner Frau erzählte, daß mich der Hund gebissen habe, strahlte sie. »Das ist doch ein Glück!« sagte sie. Ich verstand nicht. »Wenn der Hund *dich* gebissen hat,

wird er doch auch den Einbrecher beißen.« Sie hatte recht. Der Einbrecher, mit dem ich mich, seit er mir Briefe schrieb, schon irgendwie vertraut fühlte, tat mir leid. Aber es ist ja seine Schuld. Soll er nicht einbrechen. Zumindest bei uns nicht. Wir fuhren auf Weekend.
Am Montag kamen wir zurück und sahen: es war wieder eingebrochen worden. Auf dem Tisch lag ein Zettel: »Seien Sie nicht böse, daß ich Ihren Hund mit meiner Blendlaterne schreckte, aber ich hatte keine andere Wahl. Freundlichst Ihr Einbrecher.« Wir suchten Romeo — er lag verschüchtert unter der Couch.
Ich brachte ihn wütend zu dem Tierhändler zurück und erzählte aufgeregt von dem neuerlichen Einbruch. »Diesmal hat der Einbrecher Geld, Schmuck und Silber mitgenommen!« rief ich außer mir. »Und Ihr Hund lag unter der Couch!« — »Erstens ist das nicht *mein* Hund, sondern *Ihr* Hund«, stellte der Tierhändler sofort richtig, »und zweitens ist das nur ein Zeichen seiner Klugheit.« — »Wieso?« fragte ich. »Weil er verhindern wollte, daß ihn der Einbrecher auch noch mitnimmt«, meinte der Tierhändler. Ich verlor die Geduld. »Ich will endlich einen Hund haben, der Einbrecher verjagt!« schrie ich.
Der Tierhändler beruhigte mich. »Nehmen Sie den Schnauzer hier«, sagte er und zeigte auf einen Hund, der so viel Fell hatte, daß man nicht wußte, wo vorn und wo hinten ist. »Das ist ganz einfach«, erklärte mir der Tierhändler, »Sie brauchen bloß aufzupassen, von welcher Seite er bellt. Und das Bellen ist seine Spezialität. Er heißt Josef und ist ein äußerst gutmütiges Tier, aber sein Gebell wird jeden Einbrecher in die Flucht schlagen.« Wie zur Bekräftigung dieser Worte bellte Josef so laut, daß ein Hamsterweibchen vor der Zeit Junge bekam. »O. k.«, sagte ich, »ich will es noch einmal versuchen.« Ich nahm Josef mit nach Hause. Josef bellte derart ohrenbetäubend, und das unausgesetzt, daß man von oben, von

unten und von allen Seiten gegen unsere Wände klopfte. Fünfzehn Jahre lang hatten wir mit den Hausbewohnern im besten Einvernehmen gelebt — binnen einer Stunde waren wir mit allen verfeindet. Ehe wir auf Weekend fuhren, nahm sich meine Frau den Schnauzer noch einmal vor: »Sei schön brav, Josef«, sagte sie, »sei ein gutes Hundi, und wenn das Einbrecherli kommt, bellst du es fort.« Josef bellte »ja«, und zwar so oft, daß wir es noch hörten, als wir bereits im Taxi saßen.

Am Montag kamen wir zurück: es war eingebrochen worden. Auf dem Tisch lag ein Zettel: »Endlich sind Sie so klug und geben es auf, sich einen Hund zu halten.« Was sollte das heißen? Wo ist Josef? »Josef!!!« rief ich. Er lag auf einem Fauteuil und schlief. Er dürfte nicht verstanden haben, was »Einbrecherli« heißt. Empört stürzte ich in die Tierhandlung.

»Da haben Sie Ihren Josef zurück!« brüllte ich. »Wieder war der Einbrecher da, und der Hund hat geschlafen!« — »Wann war das?« fragte der Tierhändler. »Gestern nacht!« schrie ich. »Ja, in der Nacht«, meinte der Tierhändler, »da schläft er.« Aber er gab mir einen Rat: »Nehmen Sie Josef wieder mit, und kaufen Sie sich eine Eule und einen Papagei dazu. Die Eule ist ein Nachtvogel, wenn der Einbrecher kommt, wird sie den Papagei wecken, und der Papagei wird dem Hund sagen, daß er bellen soll.« Ich ließ mir auch das einreden. Den Papagei bekam ich übrigens billig, weil er einen Sprachfehler hatte. Meine Frau und ich fuhren auf Weekend.

Als wir am Montag zurückkamen, was sahen wir? Es war eingebrochen worden. Auf dem Tisch fand ich den schon gewohnten Zettel. »Die Eule«, las ich, »war eine gute Idee, aber als mich der Papagei sah, war er so sprachlos, daß es ihm unmöglich war, den Hund — wie Sie es anscheinend erwartet hatten — zu wecken. Ihr getreuer Einbrecher.«

Jetzt war es aus. Ich brachte sämtliche Tiere aus dem

Haus. Meine Frau wußte etwas Besseres: »Wir lassen die Türen offen und die Lichter brennen«, sagte sie, »dann wird jeder Einbrecher denken, die sind zu Hause, und wird sich hüten, die Wohnung zu betreten.« Vielleicht dachte jeder Einbrecher so, außer dem unseren. Am Montag war wieder eingebrochen worden, und auf dem Tisch lag ein Zettel: »Ich danke Ihnen, daß Sie es mir so bequem gemacht haben, ich bin sowieso nicht mehr der Jüngste. Ihr dankbarer Einbrecher.«

Jetzt war es mit meiner Geduld zu Ende. Ich war auf dem Weg zur Polizei, als ich Strelitzer traf. Ich erzählte ihm von unserem Mißgeschick.

»Das verstehe ich nicht«, sagte Strelitzer. »Haben Sie denn noch nie von Weinzierl gehört?« Verschämt sagte ich: »Nein. Wer ist Weinzierl?«

»Weinzierl«, klärte mich Strelitzer auf, »ist der Mann, der die besten Sicherheitsschlösser erzeugt. Er arbeitet sogar mit der Polizei zusammen. Wenn es der Polizei nicht gelingt, eine Wohnungstür oder ein Safe zu öffnen — Weinzierl gelingt es. Wenn es aber andererseits gilt, ein Schloß anzubringen, das sich nur mit dem dazugehörigen Schlüssel öffnen läßt — Weinzierl kann auch das.«

»Und wenn man diesen dazugehörigen Schlüssel verliert?« erkundigte ich mich, weil mir das schon öfter passiert war.

»Ruft man Weinzierl«, sagte Strelitzer.

»Und wie ist das mit den Einbrechern?« fragte ich.

»Die Einbrecher kennen Weinzierlschlösser schon von weitem und halten sich erst gar nicht damit auf. Sie wissen, daß sich ein Weinzierlschloß nicht gewaltsam öffnen läßt.«

Also ging ich zu Weinzierl.

Weinzierl war so stark beschäftigt wie der Generaldirektor eines großen Industrieunternehmens. Seine Sekretärin gab mir für Ende der Woche einen Termin. Weinzierl empfing mich. Er saß »wie ein Minister« hinter einem mächtigen Schreibtisch, hörte sich meine Geschichte an und meinte: »Ich werde Sie vormerken, werde aber erst in drei Wochen dazukommen, das Schloß zu montieren.« Drei Wochen! In drei Wochen raubt uns der Einbrecher arm. Ich versprach, ich bat, ich flehte. Nur dem Umstand, daß Weinzierls Gattin meine Frau gern im Fernsehen sieht, war es zu danken, daß Weinzierl sich herbeiließ, schon am nächsten Tag bei uns zu erscheinen.

Weinzierl kam. Bei der Arbeit durften wir ihm nicht zuschauen — sein Patent sollte sein Geheimnis bleiben. Er brachte drei Schlösser an, die nur mit den dazugehörigen Schlüsseln zu öffnen waren, ferner zwei Sicherheitsketten, die wieder Schlösser trugen, die auch nur mit den dazugehörigen Schlüsseln zu öffnen waren. Zur Aufbewahrung der Schlüssel bekamen wir eine kleine Stahlbox, die auch nur mit dem dazugehörigen Schlüssel zu öffnen war. Weinzierl verlangte ein kleines Vermögen, aber was tut man nicht alles für seine Sicherheit. Wegen schlechten Wetters verbrachten wir das nächste Weekend in Wien. Seit Monaten konnten wir zum erstenmal ruhig schlafen, wir hatten ja Weinzierlschlösser. In der Nacht von Samstag auf Sonntag — kein Einbrecher. In der Nacht von Sonntag auf Montag — kein Einbrecher.

Montag früh rief ich den Meister an. Frau Weinzierl war am Apparat. »Haben Sie vielleicht Ihre Schlüssel verloren?« fragte sie teilnahmsvoll, als sie meinen Namen hörte. »Mein Mann wird dafür sorgen, daß Sie hineinkommen.« »Hineinkommen?« rief ich verzweifelt. »Hineinkommen könnte ich vielleicht. Ich möchte wissen, wie ich hinauskomme!«

Weinzierl öffnete die drei Schlösser und die zwei Sicherheitsketten. Als ich endlich aus der Wohnung konnte, sah ich einen Zettel in der Tür stecken: »Das hätte ich nicht von Ihnen gedacht. Ihr gekränkter Einbrecher.«

Es gibt mehr gefällige Menschen, als man glaubt, aber nicht so viele, wie man denkt.

Kennen Sie Seliger?

Seliger ist die Gefälligkeit selbst. Wenn er einem andern einen Dienst erweisen kann, ist er glücklich. Wie neulich: Es regnete in Strömen, Seliger kam aus dem Haus, stieg in sein Auto und fuhr los. Er liebte es, als erster im Büro zu sein, was von seinem Chef schon öfter anerkannt worden war. An der Kreuzung mußte er halten. Da — an der Autobushaltestelle — war das nicht sein neuer Nachbar? Seliger ließ das Fenster herunter und rief hinaus: »Sie wohnen doch neben uns?«
»Ja«, sagte der andere.
»Wohin wollen Sie?«
»Mariahilfer Straße, Gürtel.«
»Das ist auch *mein* Weg. Steigen Sie doch ein.«
Der andere stieg ein. »Waldmann«, stellte er sich vor.
»Seliger.«
»Es ist sehr freundlich von Ihnen, mich mitzunehmen.«
»Ich bitte Sie, das ist doch selbstverständlich. Sie werden doch nicht im Regen auf den Autobus warten, wenn wir fast dasselbe Ziel haben. Wie fühlen Sie sich in der neuen Wohnung?«
»Ausgezeichnet. Besonders jetzt, wo ich weiß, was wir für nette Nachbarn haben.«

Seliger strahlte. Waldmann erwies sich als amüsanter Plauderer. »Unsere letzte Wohnung hatten wir in einem modernen Neubau«, erzählte er. »Dort waren die Zimmer so klein — wenn ich krank war und der Arzt kam, mußte ich ihm die Zunge durch das Guckloch zeigen.« Seliger lachte. »Unserem Hund mußte ich beibringen, von oben nach unten zu wedeln, von links nach rechts hätte er keinen Platz gehabt.« Seliger brüllte vor Vergnügen. »Und die Wände waren so dünn, wenn mein Nachbar die Höhensonne einschaltete, bekam *ich* einen Sonnenbrand.« Seliger wischte sich die Tränen aus den Augen. Waldmann erzählte eine Schnurre nach der andern. Wie er sagte, war er in seiner Jugend Conférencier gewesen. Seliger kam der Weg heute halb so lang vor als sonst. Er schüttelte Waldmann beim Aussteigen herzlich die Hand. Als er ins Büro kam, sah der Chef nach der Uhr. Seliger war pünktlich, aber nicht so überpünktlich wie in den letzten zehn Jahren.
Am nächsten Tag war es genauso, nur daß es nicht regnete. Seliger kam mit seinem Wagen zur Haltestelle, sah Waldmann dort stehen und forderte ihn auf, mitzufahren. Diesmal war Waldmann allerdings lange nicht so amüsant wie am Tag zuvor. Er redete zwar auch heute munter drauflos, aber Seliger fand, daß er manches von dem, was Waldmann heute erzählte, schon gestern gehört hatte. Waldmann wiederholte sich. Er war Conférencier gewesen. Macht nichts, dachte Seliger, die Zeit vergeht doch schneller, als wenn ich allein fahre. Am Ziel angelangt, erzählte Waldmann noch rasch einen Witz zu Ende. Seliger schüttelte sich vor Lachen. Waldmann ging. Als Seliger ins Büro kam, sah der Chef nach der Uhr. Seliger kam um eine Minute zu spät. Der Chef sagte nichts, er machte bloß »Hm«, aber für Seliger war dieses »Hm« ein Schlag ins Gesicht. Morgen, nahm er sich vor, werde ich wieder pünktlich sein.

Am nächsten Tag wollte Seliger eine andere Route nehmen, um nicht an der Haltestelle vorüberzukommen. Umsonst.
Waldmann stand bereits vor dem Haus.
»Ich dachte mir, ich warte gleich hier«, sagte er, »dann brauchen Sie bei der Haltestelle nicht stehenzubleiben.« — »Danke!« sagte Seliger mit verhaltener Wut. Der Wagen sprang nicht an. »Was ist denn?« fragte Waldmann ungehalten. »Wird das noch lange dauern? Mein Chef sieht es nicht gern, wenn ein Angestellter zu spät ins Büro kommt.« — »Entschuldigen Sie«, sagte Seliger, »ich werde dafür schneller fahren.« Seliger fuhr wie die Feuerwehr. An der Kreuzung mußte er abbremsen. Waldmann gab es einen Ruck nach vorn.
»Na?« herrschte er Seliger an. »Können Sie nicht aufpassen?« Seliger zuckte zusammen. »Verzeihung«, sagte er. Waldmann sprach während der ganzen Fahrt kein einziges Wort mehr. Er war sichtlich verstimmt. Als er ausstieg, sagte er nicht wie gewöhnlich »Auf Wiedersehen!«, sondern bloß »Guten Tag!«. Und das nicht sehr freundlich. Seliger war selig. Jetzt würde er wieder allein fahren. Wie schön! Er schloß den Wagen ab und ging die Treppe hinauf. Diesmal war er pünktlich, wenn auch nicht überpünktlich. Der Chef sah nach der Uhr. »Gratuliere!« sagte er ironisch. »So früh sind Sie schon lange nicht zu spät gekommen.« Seliger sagte nichts. Warte nur, dachte er, morgen bin ich früher da als du.
Tags darauf kam er, fröhlich pfeifend, aus seiner Wohnung. Im Hausflur sang er nach der Melodie des Toreromarsches aus Carmen: »Heut fahr ich endlich wieder mal allein — ach, das ist schön — ach, das ist fein! Heut kann ich endlich wieder —« Der Gesang erstarb ihm auf den Lippen. Vor dem Haus stand Waldmann mit einem zweiten Herrn. »Das ist Herr Block«, stellte er ihn vor. »Er wohnt im Haus nebenan und hat sein Geschäft ein paar

Schritte von meinem Büro entfernt. Ich habe ihn eingeladen, mit uns zu fahren.«
»Sie haben einen Wagen mit zwei Türen?« fragte Block enttäuscht. »Warum hast du das nicht gesagt?« wandte er sich an Waldmann. »In einen Wagen mit zwei Türen komme ich schwer hinein.« Nach einigen Versuchen gelang es. Seliger hatte bereits einen roten Kopf. Gerade heute wollte er wieder einmal überpünktlich ins Büro kommen. Er fuhr los. Waldmann erklärte ihm noch, daß Block und er Schulkameraden seien, dann unterhielten sich die beiden, ohne ihn, Seliger, auch nur einmal ins Gespräch zu ziehen. Er hörte immer nur »Erinnerst du dich?« und »Da war doch noch«, ohne zu wissen, von wem die Rede war. Sie kamen zu Waldmanns Büro, Waldmann stieg aus und sagte zu Seliger: »Sie fahren mit Herrn Block weiter.« Seliger fuhr. Aus den »paar Schritten«, von denen Waldmann gesprochen hatte, wurden zweihundert Meter. Block stieg aus, winkte Seliger und sagte: »Auf Morgen!« Seliger kam um eine Viertelstunde zu spät ins Büro. Der Chef sah nach der Uhr und sagte: »Was ist los mit Ihnen? Sie waren doch immer so pünktlich?«
Seliger fiel nichts Besseres ein, als zu sagen: »Man hat mir meinen Wagen gestohlen. Ich sah die Diebe und rannte ihnen nach.«
»Wenn Sie gerannt wären«, meinte der Chef, »wären Sie doch eher früher dagewesen als später.« Seliger sagte nichts. Morgen wird er den Herren Waldmann & Block Grobheiten geben. Die werden nicht mehr mit ihm fahren.
Leider wurde aus den Grobheiten nichts. Am nächsten Tag erwarteten ihn nicht nur Waldmann und Block, sondern auch eine Dame. »Meine Frau«, stellte Block sie vor. »Sie arbeitet dreimal in der Woche in meinem Geschäft, und da sagte ich ihr, sie könne mit uns fahren.« Vor einer Dame wollte Seliger nicht uncharmant sein. Er unterdrückte die

Grobheiten, die er schon auf der Zunge gehabt hatte, und sagte: »Steigen Sie ein, bitte!« Es war ihm weh ums Herz. Man soll nicht gefällig sein. Er fuhr Waldmann ins Büro, Block in sein Geschäft, Frau Block noch rasch in ein anderes Geschäft, wo sie ein Paket abzugeben hatte. »Warten Sie hier!« sagte sie. Seliger wartete. Er brachte sie zurück zu Blocks Geschäft, dann fuhr er ins Büro. Er kam eine halbe Stunde zu spät.

»Was haben Sie heute für eine Ausrede?« fragte der Chef.

»Ich bin beim Fenster hinausgefallen«, sagte Seliger.

Der Chef runzelte die Stirn. »Dazu brauchen Sie so lange?« fragte er streng.

»Es wird nicht mehr vorkommen«, versprach Seliger. Er nahm es sich auch ernsthaft vor. Und doch!

Am nächsten Tag waren auch Blocks Kinder da. Drei Stück. »Ich dachte mir, Sie fahren sowieso an ihrer Schule vorüber«, sagte Block, »Sie müssen nur einen kleinen Umweg machen.« Seliger nickte. Auf dem kleinen Umweg gab es vier Umleitungen, was eine Verzögerung von einer halben Stunde bedeutete, und bei Blocks Geschäft angelangt, mußte er noch einmal umkehren, weil Frau Block die Geschäftsschlüssel zu Hause vergessen hatte. Seliger kam um eine Stunde zu spät ins Büro.

»Oh, Herr Seliger!« empfing ihn der Chef höhnisch. »Sie schenken uns doch noch die Ehre?« Seliger nickte unglücklich. »Wo waren Sie bis jetzt?« tobte der Chef plötzlich.

Seliger dachte an Blocks Kinder. »Meine Frau hat mir ein Kind geschenkt«, sagte er zitternd.

»Sie hätte Ihnen lieber einen Wecker schenken sollen!« brüllte der Chef. Seliger sagte nichts. Er beschloß, Waldmann und die Familie Block zu ermorden.

In der Nacht fühlte er sich nicht wohl. Seine Frau sagte: »Bleib morgen zu Hause.« — »Das geht nicht«, stöhnte

Seliger. »Waldmann ... Block ... Frau Block ... die Kinder ...«
Frau Seliger, die von den Fahrgästen ihres Mannes nichts wußte, rief den Arzt an. »Er phantasiert«, sagte sie.
»Geben Sie ihm eine Beruhigungstablette und rufen Sie mich morgen wieder an.«
Frau Seliger gab ihrem Gatten eine Beruhigungstablette. Er schlief. Seine Frau wollte ihn nicht wecken, und als er aufwachte, war es nicht sieben, wie gewöhnlich, sondern halb acht. Seliger stand der kalte Schweiß auf der Stirne. Er sprang aus dem Bett, fuhr in seinen Anzug, ließ das Frühstück unberührt und wollte so schnell wie möglich fort — da — was war das? Seine Frau hatte die Tür abgesperrt. »Gib mir die Schlüssel!« rief Seliger verzweifelt. »Nicht, ehe du mir nicht sagst, was mit dir los ist«, sagte Frau Seliger energisch. »Du bist schon die ganze letzte Zeit so komisch. Was ist mit dir? Wartet eine Freundin auf dich?«
Seliger lachte irr. »Wenn es nur *das* wäre ... auf mich wartet keine Freundin ... auf mich warten sechs Feinde ...«
»Wer?« fragte Frau Seliger entsetzt. »Los! Sag es mir!«
Das Eis war gebrochen. Seliger begann zerknirscht zu beichten ... »Also so ist die Sache«, sagte Frau Seliger, als er zu Ende war. »Daran ist wieder deine dumme Sucht schuld, jedem Menschen einen Gefallen zu tun. Bleib da — ich werde das ordnen.«
Frau Seliger ging hinunter. Vor dem Haus warteten Waldmann, Herr und Frau Block, drei kleine Blöcke und noch zwei Kinder.
»Mein Mann kann Sie heute nicht mitnehmen«, sagte sie. »Er ist krank, und der Arzt hat ihm das Autofahren für längere Zeit verboten.« Ein Tumult erhob sich. »Eine Rücksichtslosigkeit!« brüllte Waldmann. »Das hätte er uns gestern sagen können!« schrie Herr Block. »Ich finde

das unverschämt!« kreischte seine Frau. »Wir werden eine Strafe bekommen!« riefen die Kinder. »Leider!« bedauerte Frau Seliger. »Es ist nicht seine Schuld.«
Seligers ehemalige Mitfahrer liefen zum Autobus. Frau Seliger aber stieg in den Wagen und fuhr ihn um die Ecke. Vor dem zweiten Ausgang des Hauses blieb sie stehen. »Dort wirst du jetzt immer parken«, sagte sie zu ihrem Mann.
Von nun an stieg Seliger ungesehen in sein Auto, er nahm einen andern Weg zum Büro, einen Weg, von dem aus er von weitem die Autobushaltestelle sehen konnte. Und es lachte sein Herz, wenn er Waldmann, Herrn und Frau Block sowie deren Kinder dort stehen sah.

Es gibt mehr gefällige Menschen, als man glaubt, aber nicht so viele, wie man denkt. Und jetzt gibt es wieder um einen weniger.

In Österreich heißt es: das wichtigste Vitamin ist das Vitamin B. B = Beziehung. Ich habe meine Beziehungen, wenn auch nicht in Österreich. Ich habe sie in Italien. Interessiert es Sie? Dann lesen Sie bitte:

Bella Italia!

Vor einigen Monaten besuchte uns eine Nichte meiner Frau namens Conny. Sie lebt in Mannheim und ist eigentlich keine Nichte meiner Frau, sondern die Tochter einer Schulfreundin, und sie heißt auch nicht Conny, sie nannte sich bloß so, als wir sie das letztemal sahen. Damals war sie acht und schwärmte für Conny Froboess. Mit zehn schwärmte sie für die Loren, sie stopfte sich den Pullover aus und nannte sich Sophia. Als, mit vierzehn, Peter Alexander ihr Ideal war, wollte sie sich Petersilie nennen, aber das ließ sie sich ausreden. Heute ist sie achtzehn, ist hübsch und gut gewachsen und nennt sich — und das ist auch ihr richtiger Name — Dorli.

Dorli hatte einen beachtenswerten Sopran, sie wollte Gesang studieren, und zwar — ich weiß nicht, warum — in Italien. Leider gab ihr die italienische Regierung — auch da weiß ich nicht, warum — keine Erlaubnis für einen dauernden Aufenthalt. Meine Frau sah mich an — ich verstand: Vitamin B. Wir hatten im letzten Sommer in Monaco einen italienischen Politiker kennengelernt, Emilio Canelotti (der Name ist frei erfunden), der es inzwischen zum Minister für Unterricht gebracht hatte. Im Juni wollten wir sowieso nach Rom fahren, Dorli solle sich keine Sorgen machen, wir würden das ordnen.

Im Juni fuhren wir nach Rom. Ich ging sofort zum Ministerium für Unterricht und zeigte dem Portier die Visitenkarte, die mir der Minister seinerzeit gegeben hatte. »Oh!« sagte der Portier, »Signor Canelotti nicht mehr Ministro für Unterricht. Signor Canelotti Ministro für Wirtschaft.« Er zeigte mir auf einem Stadtplan, wohin ich zu gehen hatte. Es war ziemlich weit entfernt, also mußte ich fahren. Leider hatte eben ein Streik der Taxifahrer begonnen, mit dem sich das Personal der öffentlichen Verkehrsbetriebe solidarisch erklärte. Da es nur ein vierundzwanzigstündiger Warnstreik war, beschloß ich, den Minister am nächsten Tag aufzusuchen. Ich ging ins Hotel zurück und erfuhr, daß die Küchenangestellten Roms in den Streik getreten waren. Restaurants und Kaffeehäuser waren geschlossen, da es sich aber nur um einen zwölfstündigen Warnstreik handelte, faßten die weiblichen Hotelgäste den Entschluß, während dieser Zeit selbst zu kochen. Meiner Frau fiel die Sparte »Hauptspeise« zu. Sie machte Gulasch. Als sie mich während des Essens fragte, wie das Gulasch schmecke, antwortete ich: »Ich muß sagen — gut.« (Wobei ich in Gedanken die Betonung auf das Wort »muß« legte.) Die andern machten meiner Frau Elogen über ihre Kochkunst. Was die feindseligen Blicke sollten, die sie ihr zuwarfen, weiß ich bis heute nicht.

Am nächsten Tag wollte ich möglichst früh zu Canelotti fahren — Köche und Köchinnen arbeiten wieder —, aber das Hotelbedienungspersonal war in ganz Italien in einen achtundvierzigstündigen Warnstreik getreten. Was tun? Die männlichen Hotelgäste, darunter auch ich, mußten einspringen. Wir reinigten die Teppiche auf Korridoren und Treppen mit Staubsaugern, wir putzten uns gegenseitig die Schuhe, wir empfingen die Neuankommenden in der Re-

STREIK
MINISTER

zeption, führten sie auf ihre Zimmer, trugen ihnen die Koffer nach usw. Abreisen konnte niemand, da die Eisenbahner einen unbefristeten Warnstreik ausgerufen hatten. Für den Ministerbesuch war es leider zu spät geworden, ich mußte ihn auf den nächsten Tag verschieben.
Am nächsten Tag sagte meine Frau: »Einem Minister fällt man nicht ins Haus, ruf ihn erst an.« Das leuchtete mir ein, ich wollte anrufen — nicht möglich. Die Angestellten der Post- und Telegrafendirektion führten einen Warnstreik von achtzehn Stunden durch. Ich nahm also ein Taxi — die fuhren ja bereits wieder — und ließ mich zum Ministerium für Wirtschaft bringen. Dort zeigte ich dem Portier die Visitenkarte. »Oh«, sagte der Portier, »Signor Canelotti nicht mehr hier. Signor Canelotti seit heute Ministro für Marine.« Auf zum Marineministerium. Signor Canelotti war in einer Kabinettssitzung. Wie lange sie dauern wird? Weiß man nicht. Ich fuhr zurück ins Hotel. Das Fernsehen berichtete eben von einer Umbildung des Kabinetts. Canelotti war zum Regierungschef ernannt worden. Jetzt ist die Angelegenheit Dorlis für mich eine Kleinigkeit. Am nächsten Tag werde ich mit meinem Freund, dem Ministerpräsidenten, sprechen. Am nächsten Tag warteten wir auf die Zeitungen — nichts. Die Journalisten waren in einen sechsstündigen Warnstreik getreten, mit dem sich die Setzer, Drucker und Zeitungskolporteure solidarisch erklärten. Gleichzeitig legten die Gelativerkäufer die Arbeit nieder. Letzteres war zuviel für die Italiener. Die Moral im Lande sank auf den Nullpunkt. Die Gelativerkäufer nahmen daraufhin die Arbeit wieder auf, aber nun streikte die Mafia. Das wieder hatte einen Warnstreik der Polizisten und Justizbeamten zur Folge, die um ihre Posten zitterten. Als der Streik beigelegt worden war, streikten die Minister. Sie zogen durch die Straßen und trugen Transparente mit der Aufschrift: »Fort mit uns!«
»Jetzt kannst du nicht zu Canelotti gehen«, meinte meine

Frau, »jetzt hat er andere Sorgen. Wir müssen warten.« Wir warteten eine Woche, zwei Wochen, drei Wochen. Täglich bemühte man sich, ein neues Kabinett zu bilden, und täglich scheiterten die Bemühungen. Anscheinend fand sich niemand, der Italien regieren wollte.

Wir hatten genug. Wir beschlossen, eine Mittelmeerreise zu machen und, sobald alles in Ordnung war, wieder zurückzukehren. Wir buchten für ein italienisches Schiff, mußten aber umbuchen. Die Seeleute hatten einen sechswöchigen Warnstreik ausgerufen. Mit ihnen gingen die Angestellten der italienischen Fluggesellschaft sowie die Straßenreiniger. Wir fuhren mit einem griechischen Schiff. Es war gar nicht leicht, Tickets zu bekommen, da inzwischen auch die Papagalli in den Streik getreten waren und die alleinstehenden Urlauberinnen in wilder Flucht das Land verließen. Die Reise war schön, und als wir nach drei Wochen zurückkamen, streikten nur noch die Generaldirektoren und die Milchzusteller. Die Regierung war gebildet worden. Ich ging zum Regierungspalast und zeigte dem Portier die schon abgegriffene Visitenkarte. »Ich möchte Seine Exzellenz, Signor Canelotti sprechen«, sagte ich — und war starr. »Sie?!?« rief ich aus. Canelotti war Portier geworden. »Si, signor«, sagte er. »Ich Portier. Aber mir nichts ausmachen. Italia ist ein Land — bei uns, es gibt immer wieder Aufstiegsmöglichkeiten.« Während ich mit ihm sprach, näherte sich ein schwarzgekleideter Herr, der Canelotti respektvoll ein Dokument überreichte. Canelotti las es durch und sagte zu mir: »Sehen Sie — ich bin Präsident geworden.« Schon stand eine Galakutsche da, Blasmusiken spielten, die Menge stand Spalier, Canelotti lud mich ein mitzufahren, alles jubelte uns zu — plötzlich, wir waren kaum an der nächsten Ecke angelangt, änderte sich das Bild. Jubel und Blasmusik verstummten, unser Kutscher sprang vom Bock und sagte: »Aussteigen!« Man hatte im ganzen Land den Generalstreik ausgerufen.

Dorli bekam trotzdem ihren Daueraufenthalt. Sie studierte Gesang, und wenn Sie einmal in die Mailänder Scala gehen und dort Mirella Freni hören sollten, dann bin ich sicher, daß Sie begeistert sein werden. Sie ist heute eine unserer besten Sängerinnen. Leider handelt es sich bei ihr nicht um die Nichte meiner Frau. Dorli ist verheiratet, hat drei bambini und arbeitet als Angestellte bei den Fiatwerken.

Rechnen ist eine schwierige Sache – besonders, wenn man einen elektronischen Taschenrechner besitzt. Einer, der das bestätigen kann, ist

Herr Powondra

An unserer Ecke gibt es einen Greißler (»Krämer«, wie man in Deutschland sagt), wie es viele gab, ehe sie von den Supermärkten verschlungen wurden. Sein Name ist Powondra.

In seinem Laden gibt es Mehl, Gemüse, Hülsenfrüchte, Zucker und Salz, aber auch Essig, Obst und Schokolade, und vor allem — Atmosphäre. Eine Atmosphäre, die ihm kein Supermarkt rauben kann. Herr Powondra kennt seine Kunden, die Kunden kennen Herrn Powondra, sie kommen aus den umliegenden Häusern, sie grüßen einander, sie fragen: »Wie geht's?«, sie erkundigen sich: »Was ist denn mit dem Herrn Meier los? Ich hab ihn seit zwei Tagen nicht gesehen!« usw. Sie sind eine einzige große Familie: die Familie Powondra.

Gestern feierte Herr Powondra seinen sechzigsten Geburtstag. Alle, die in den Laden kamen, gratulierten. Die alte Frau Schweiger, der der Herr Powondra immer etwas für ihren Hund mitgibt, brachte ein paar Blumen, Herr Treibl, der pensionierte Oberbuchhalter vom zweiten Stock, verehrte ihm eine Krawatte — jede und jeder hatte etwas für ihn, und wenn es nur ein paar freundliche Worte waren.

Seine schon erwachsenen Kinder aber hatten sich etwas Besonderes ausgedacht. Sie schenkten ihrem Vater einen elektronischen Taschenrechner, damit er sich beim Addieren nicht mehr so anstrengen müsse. Auf den elektronischen Taschenrechner war Herr Powondra besonders stolz. Kunststück! Wo gibt es schon einen Greißler mit einem elektronischen Taschenrechner?

Am nächsten Morgen schloß er das Geschäft auf. Seinen Kugelschreiber hatte er in der angrenzenden Wohnung zurückgelassen, den brauchte er ja jetzt nicht mehr. Die erste Kundschaft, die den Laden betrat, war Frau Prebichl. Sie verlangte zwei Salatgurken, ein Packerl Kaffee und ein Kilo Äpfel.

»Ist das alles?«

»Ja.«

»Dann werden wir's gleich zusammenrechnen.« Herr Powondra nahm den elektronischen Taschenrechner zur Hand.

»Was ist denn das?« fragte Frau Prebichl erstaunt.

»Ein elektronischer Taschenrechner«, sagte Herr Powondra stolz. »Man muß mit der Zeit gehen. Ein Druck auf die Tasten — und die Rechnung ist fertig. Was haben wir g'habt?« Er drückte auf die Tasten. »Zwei Salatgurken machen vierzehn, ein Kilo Äpfel sind zweiundzwanzig dreißig, und ein Packerl Kaffee ist siebenundzwanzig, macht zusammen — 142.230 Schilling und 30 Groschen.«

»Das gibt's doch nicht«, meinte Frau Prebichl ungläubig. »Da müssen Sie sich geirrt haben. Lassen S' schauen.« Sie prüfte den Taschenrechner. »Natürlich. Da müssen S' nach jedem Posten ein Pluszeichen machen.«

»Das werden wir gleich sehen«, meinte Herr Powondra. »Zwei Salatgurken macht vierzehn ...«

»Plus!«

»Ja, ja!« meinte Herr Powondra gereizt. »Ein Kilo Äpfel sind zweiundzwanzig dreißig ...«

»Plus!«
»Ja!!!« Es geschah zum erstenmal, daß Herr Powondra einer Stammkundin einen bösen Blick zuwarf. »Und ein Packerl Kaffee sind siebenundzwanzig.«
»Jetzt müssen S' die Gleichheitstaste drücken.«
»Das weiß ich, das brauchen Sie mir nicht zu sagen. Wo ist die Gleichheitstaste?«
»Die da, mit den zwei Stricherln.«
»Aha!« Herr Powondra drückte die Gleichheitstaste. »Sind zusammen —«, sein Gesicht wurde starr, »842.940 Schilling und 30 Groschen.«
»Das ist ja jetzt *noch* mehr!« rief Frau Prebichl. »Da haben Sie sich geirrt!«
»Geirrt, geirrt!« kopierte Herr Powondra sie ärgerlich. »Da *muß* man sich ja irren, wenn Sie immer ›plus, plus‹ sagen!«
»Regen S' Ihnen net auf, Herr Powondra«, beruhigte ihn Frau Prebichl. »Zeigen Sie mir lieber, wo Sie gedrückt haben.«
»Da!«
»Das ist aber nicht das Pluszeichen, das ist das Malzeichen.«
Herr Powondra lief rot an. »Pluszeichen, Malzeichen! Was Sie alles wissen!«
»Da braucht man nicht viel zu wissen«, meinte Frau Prebichl, jetzt auch schon verärgert. »Das Pluszeichen ist da — und das Malzeichen ist da! Machen Sie's noch einmal!«
»Guten Morgen!« Herr Haberl, der Hausbesorger von gegenüber, trat ein. »Was haben Sie denn da?« fragte er verwundert.
»Einen elektronischen Taschenrechner«, sagte Frau Prebichl ironisch.
»Und der funktioniert?«
»Und wie! Zu Gunsten vom Herrn Powondra. Für zwei Salatgurken, ein Kilo Äpfel und ein Packerl Kaffee soll

ich 842.940 Schilling und 30 Groschen zahlen! Da krieg ich ja schon eine Eigentumswohnung!«

»Reden S' doch nicht!« sagte Herr Powondra wütend.

»Probieren Sie's einmal bei mir«, schlug Herr Haberl vor. »Ich krieg eine Flasche Retzer — morgen is Feiertag —, zehn Deka von der Wiener Salami und dreißig Deka Preßwurst. Rechnen S' das zusammen.«

»Moment. Eine Flasche Retzer macht neunundvierzig Schilling, zehn Deka von der Wiener Salami sind neun Schilling neunzig, und dreißig Deka Preßwurst sind acht Schilling vierzig, das macht zusammen — 499.908 Schilling und vierzig Groschen.«

»Na? Hab ich's gsagt?« wandte sich Frau Prebichl triumphierend an Herrn Haberl.

»Das kann nicht stimmen«, meinte Herr Haberl.

»Weil der Herr Powondra das Pluszeichen vergißt!« sagte Frau Prebichl hämisch.

Herr Powondra kochte bereits. »Sie mit Ihrem Pluszeichen!« sagte er.

»Da hat aber die Frau Prebichl recht«, warf Herr Haberl ein. »Das Pluszeichen müssen S' machen.«

»Ah so?« meinte Herr Powondra giftig. »Sind Sie auch so einer? Bitte schön! Machen wir's noch einmal! Eine Flasche Retzer macht neunundvierzig Schilling ...«

»Plus!« sagten Frau Prebichl und Herr Haberl gleichzeitig.

»Plus«, wiederholte Herr Powondra grimmig und drückte auf die Plustaste. »Zehn Deka von der Wiener Salami sind neun Schilling neunzig ...«

»Plus!« sagten die andern wieder.

»Plus!« knirschte Herr Powondra. »Und dreißig Deka Preßwurst sind acht Schilling vierzig ... plus ...«

»Jetzt dürfen S' *nicht* Plus machen!« rief Frau Prebichl.

»Ah, jetzt nicht!« sagte Herr Powondra wütend. »Und früher ja! Das hab ich schon gern, wenn jemand nicht weiß, was er will!«

»Da hat aber die Frau Prebichl recht«, meinte Herr Haberl. »Jetzt kommt ja kein neuer Posten dazu. Jetzt müssen S' die Gleichheitstaste drücken.«
»Das kann ich ja noch immer«, meinte Herr Powondra und drückte die Gleichheitstaste. »Ist gleich —«, sagte er dazu, »1879 Schilling und 40 Groschen.«
»Das stimmt nicht«, sagte Herr Haberl.
»Das *muß* stimmen!«
»Das *kann* nicht stimmen!« rief Frau Prebichl dazwischen. »Sie haben ja ein Plus zuviel gedrückt!«
»Einmal zu viel, einmal zu wenig!« schrie Herr Powondra.
»Schreien S' nicht mit mir, ich schrei auch nicht!« schrie Frau Prebichl.
»Haben Sie keine Gebrauchsanweisung?« fragte Herr Haberl.
»Aber ja, da is sie!« Herr Powondra warf ein kleines Heftchen auf den Ladentisch.
»Na also«, meinte Herr Haberl. »Da werden wir's ja gleich haben.« Er las: »Kalkulation mit einer Konstanten. Bei der Bedienung wird die unmittelbar vor dem Niederdrücken der Gleichheitstaste eingegebene Zahl zu einer Konstanten. — Was ist eine Konstante?«
»Was weiß denn ich? Ich bin ja kein Mathematikprofessor«, sagte Herr Powondra aufgebracht.
»Und Sie, Frau Prebichl?«
»Ich weiß es auch nicht. Ich weiß nur, daß ich für zwei Salatgurken, ein Kilo Äpfel und ein Packerl Kaffee keine 842.940 Schilling zahl! Ich geh! Ich kann ja im Supermarkt einkaufen!«
»Gehen Sie, gehen Sie!« brüllte Herr Powondra. »Gehen S' in den Supermarkt, wenn's Ihnen bei mir zu teuer is!«
»Sie müssen ja teuer sein!« konterte Frau Prebichl spitz. »Wo hätt denn Ihr Sohn sonst das Auto her? Und Ihre Tochter die Garconnière?«
»Jetzt halten S' aber Ihr Schandmaul!« tobte Herr Po-

wondra. »Mein Sohn ist Architekt! Der hat sich das Auto verdient!«
»Und Ihre Tochter? Hat sich die die Garconnière auch verdient?«
»Jawohl!«
»Und womit?«
»Mit Baby sitten!«
»Ha, ha!« Frau Prebichl lachte höhnisch. »Sie soll nur aufpassen, daß sie nicht selber ein Baby kriegt! Bei dem können dann *Sie* sitten!«
»Hinaus!!!«
»Ich geh schon! Mich sehen Sie nie mehr! Und die andern auch nicht, wenn ich ihnen das erzähl!« Sie rauschte hinaus.
»Ich geh auch, Herr Powondra«, sagte Herr Haberl. »Eine Flasche Retzer, zehn Deka Wiener Salami und dreißig Deka Preßwurst um 1879 Schilling — das kann ich mir nicht leisten.« Er ging.
»Himmelfixtausend!« fluchte Herr Powondra und warf den elektronischen Taschenrechner mit aller Kraft auf den Steinboden.

Hätte Herr Powondra einen Blick auf den Apparat geworfen, hätte er seinen Augen nicht getraut. Der Taschenrechner zeigte, durch den starken Aufprall erschüttert, die genaue Summe an, die Herr Haberl zu zahlen gehabt hätte: 67 Schilling 30 Groschen. Herr Powondra hatte bei seinen Rechnungen vergessen, die Dezimalpunkttaste zu drücken.

Jede Aktion hat ihre Reaktion. Wenn eine Frau ein Herz gewinnt, verliert ein Mann den Kopf.

Reaktionen

Sie kennen doch Joschi? Aber natürlich. Joschi Tolnay. Ich habe schon in früheren Büchern einige Male von ihm erzählt. Joschi ist ein Genie. Ein Autor, der Ideen hat, für die sich Film- und Fernsehproduzenten begeistern, ein Künstler, der sich seine Einfälle bevorschußen läßt, ein Undankbarer, der nicht daran denkt, sie zu Papier zu bringen. Joschi ist ein Mann, der seinen Beruf liebt, solange es ums Erzählen geht, und der ihn haßt, sobald er droht, in Arbeit auszuarten. Joschi ist kein Schriftsteller, er ist ein Sprechsteller.

Heute kam er ins Kaffeehaus.

»Was macht dein Krimi?« fragte ich ihn.

»Ich bin fertig.«

»Mit allen dreizehn Folgen?«

»Mit dem Vorschuß.«

»Und was machst du jetzt?«

»Jetzt bastle ich an einer Idee für eine Reportage, die ich aber erst ausprobieren muß, bevor ich sie einer Illustrierten offeriere.«

»Wie heißt sie?«

»Reaktionen.«

»???«

»Ich spreche wildfremde Menschen an, sage ihnen etwas X-beliebiges und zeige in Fotos, wie sie darauf reagieren.«
»Da wäre ich aber neugierig ...«
»Paß auf. Hallo!« Er rief den Ober.
Anton, seit zwanzig Jahren der gute Geist des Kaffeehauses, kam an unseren Tisch. »Bitte?« fragte er freundlich.
»Wollen Sie mir einen Mokka bringen?«
»Aber gern.« Anton watschelte auf seinen, in zwanzig Jahren ehrlicher Arbeit erworbenen Plattfüßen in die Küche.
»Wo ist die Reportage?« fragte ich Joschi.
»Die hat schon begonnen. Warte.«
Anton brachte den Mokka und stellte ihn auf den Tisch. »Wenn ich die Herren bitten dürfte zu bezahlen«, sagte er höflich. »Ich werde abgelöst.« Ich bezahlte meinen Mokka.
»Und der Herr, bitte?« wandte er sich an Joschi.
»Bitte?«
»Der Mokka. Wenn Sie ihn bezahlen würden. Ich werde abgelöst.«
»Ich verstehe nicht«, sagte Joschi. »Was soll ich bezahlen?«
»Den Mokka«, meinte Anton.
»Was für einen Mokka?«
»Den, der hier steht. Sie haben ihn doch bestellt.«
»Ich?« Joschi war sichtlich erstaunt. »Ich habe Sie lediglich gefragt, ob Sie mir einen Mokka bringen *wollen* und Sie haben gesagt: ›Gern.‹ Ich habe Ihnen also nur einen Gefallen getan.«
Anton kannte sich nicht aus. War das jetzt Ernst oder Spaß? »Hehe«, lachte er verlegen und fügte mit treuherzigem Augenaufschlag hinzu: »Acht Schilling.«
»Wofür?« fragte Joschi.
»Für den Mokka«, sagte Anton.
»Für was für einen Mokka?«
»Für den, den ich serviert habe.«
»Jetzt hören Sie aber auf«, sagte Joschi barsch, »sonst wer-

CAFÉ

de ich ungemütlich. Anstatt mir dankbar zu sein, weil ich Ihnen gestattet habe, mir einen Mokka zu bringen, was Sie doch, wie Sie selbst gesagt haben, gerne tun«, er wandte sich an mich, »du hast doch gehört, daß der Herr Ober das Wort ›gern‹ gebraucht hat«, und wieder zu Anton, »wollen Sie noch acht Schilling von mir? Ich finde das impertinent. Ich möchte Ihren Chef sprechen.«
Anton sah, daß Joschi es ernst meinte. »Der Herr Chef ist nicht da«, sagte er eingeschüchtert.
»Dann werde ich das ein andermal besorgen«, sagte Joschi grob. »Es ist kein Wunder, daß die Wiener Kaffeehäuser zugrunde gehen, wenn sie ein solches Personal haben.« Er stand auf. »Komm!« forderte er mich auf. »Gehen wir!«
Er ging, und ich folgte ihm, nicht ohne Anton vorher eine Zwanzigschillingnote in die Hand gedrückt zu haben. Anton starrte uns verblüfft nach.
»Und du glaubst, daß du damit Erfolg haben wirst?« fragte ich Joschi auf der Straße.
»Ich bin überzeugt davon«, antwortete er. »Es ist nur schade, daß mein Fotograf nicht dabei war. Ich treffe ihn erst in zehn Minuten vor der Oper. Du wirst sehen: die verblüfften Gesichter und der passende Begleittext — es wird ein Hit!« Er ging auf einen Herrn zu, dem man auf tausend Schritt Entfernung den deutschen Touristen (homo neckermannus) ansah. Er knipste eben einen zweiten Touristen, der wieder einen dritten Touristen knipste, der in einem Fiaker saß und zurückknipste.
»Entschuldigen Sie«, sprach ihn Joschi an, »wissen Sie, wie man von hier aus zum Hotel Wandl kommt?«
»Leider«, bedauerte der Tourist, »ich bin fremd in Wien.«
»Sie gehen hier vor bis zum Stephansplatz«, fuhr Joschi fort, »dann den Graben hinauf, biegen rechts zum Petersplatz ein und sind dort.«
»Wo?« fragte der Tourist erstaunt.
»Beim Hotel Wandl.«

Der Tourist sah Joschi an wie einen Verrückten. »Ich will nicht zum Hotel Wandl«, sagte er.
»Sie sollen auch gar nicht wollen.«
»Warum sagen Sie mir dann, wie ich hinkomme?«
»Weil Sie es nicht wissen. Oder?« Joschi sah ihn drohend an. »Wußten Sie es vielleicht?«
»Nein . . .«
»Aber?«
»Ich wollte es gar nicht wissen . . .«
»Ach so!« sagte Joschi spöttisch. »Sie wollten es gar nicht wissen. Wie wären Sie denn dann hingekommen?«
»Wohin?«
»Zum Hotel Wandl.«
Der Tourist verlor die Geduld. »Ich will nicht zum Hotel Wandl!« schrie er.
»Schreien Sie nicht mit mir!« warnte ihn Joschi. »Ich bin kein Lausbub! Das hat man davon, wenn man Ausländern helfen will! Komm!« wandte er sich an mich. »Gehen wir!«
Wir gingen. Der Tourist sah uns verblüfft nach.
»Was jetzt?« fragte ich Joschi.
»Moment!« sagte er. Wir kamen zur Oper. Joschi verstellte einem Herrn, der es anscheinend sehr eilig hatte, den Weg.
»Verzeihen Sie«, sagte er verbindlich, »könnten Sie mir sagen, wie spät es jetzt ist?«
Der Herr sah ungeduldig auf die Uhr. »Es ist in zehn Minuten zwölf«, sagte er und wollte weiter.
»Augenblick«, sagte Joschi und hielt ihn am Arm zurück. »Ich habe Sie nicht gefragt, wie spät es in zehn Minuten ist, ich habe Sie gefragt, wie spät es *jetzt* ist.«
Der Herr sah ihn perplex an, dann sagte er: »Lassen Sie mich los, ich habe keine Zeit.«
»Oho!« sagte Joschi. »So spricht man nicht mit mir. Ich habe Sie höflich gefragt, ob Sie mir sagen können, wie spät es jetzt ist, und Sie halten mich zum besten.«
»Ich habe Sie nicht zum besten gehalten«, ereiferte sich

der Herr, »ich habe Ihnen die verlangte Auskunft gegeben.« — »Ach so?« meinte Joschi ironisch. »Was haben Sie denn gesagt?«

»Ich habe gesagt, daß es in zehn Minuten zwölf ist.«

»Sehen Sie?« Joschi blieb ruhig. »Und was habe *ich* Sie gefragt? Ich habe Sie gefragt, wie spät es *jetzt* ist.«

Der Mann war Choleriker. »Jetzt ist es *acht* vor zwölf!« schrie er.

»Ach, das ist interessant«, sagte Joschi höhnisch. »Wenn es acht vor zwölf ist, warum haben Sie dann gesagt, es ist zehn vor zwölf?«

»Weil es vor zwei Minuten zehn vor zwölf war!« tobte der andere. »Und jetzt lassen Sie mich los, ich habe eine Verabredung, ich komme sowieso schon zu spät!«

»Moment«, sagte Joschi, ohne die Ruhe zu verlieren, »das werden Sie mir erst erklären müssen. Sie haben eben gesagt, daß es *acht* vor zwölf ist, während Sie früher behauptet haben, es ist *zehn* vor zwölf. Warum?«

»Warum!« stöhnte der Mann. »Das habe ich Ihnen doch bereits gesagt! Weil es früher zehn vor zwölf und später acht vor zwölf war! Jetzt ist es *sechs* vor zwölf, in einer Minute wird es *fünf* vor zwölf sein und in zwei Minuten *vier* vor zwölf!«

Nun verlor auch Joschi seine Selbstbeherrschung. »Das sieht ja ganz so aus, als ob Sie sich über mich lustig machen würden?«

»Lassen Sie mich los!« schnaubte der andere. »Oder ich gebe Ihnen eine Ohrfeige!«

»Ha!« lachte Joschi. »Das möchte ich sehen!«

»Das *werden* Sie sehen!« brüllte der Choleriker. Ich wollte dazwischentreten, aber es war zu spät. Joschi hatte bereits eine sitzen.

Eine Minute vorher war der Fotograf eingetroffen. Er knipste. Auf dem Bild war Joschi zu sehen — er hielt sich die Wange. Diesmal war *er* der Verblüffte.

Es gibt Männer, die zwischen den Mahlzeiten rauchen – und andere, die zwischen den Rauchpausen essen. Einer der letzteren ist unser Freund Holzer. Aber zu seiner Ehre sei es gesagt:

Holzer will sich das Rauchen abgewöhnen

Holzer rauchte hundert Zigaretten pro Tag. Es war zur Zeit, als es noch erlaubt war, im ORF für Tabak und Zigaretten zu werben, als ein Herr bei ihm erschien.
»Mein Name ist Kalisch, ich komme von der Abteilung ›Public relations‹ der Österreichischen Tabakregie.« »Ja?«
»Die Ärzte behaupten, Rauchen sei ungesund. Wir haben erfahren, daß Sie hundert Zigaretten am Tag rauchen, und möchten Sie für einen Werbespot gewinnen. Wir bezahlen Ihnen zehntausend Schilling. Sie haben nichts weiter zu tun, als vor der Kamera zu stehen und zu sagen: ›Ich rauche hundert Zigaretten am Tag und bin kerngesund.‹ Morgen um elf ist die Aufnahme.«
»Moment, um elf geht es nicht.«
»Warum nicht?«
»Weil ich bis zwölf huste.«
Bald hustete Holzer bis zwei, dann bis vier, dann bis acht, und schließlich hustete er den ganzen Tag.
Holzers sechsjähriger Sohn machte seine Hausaufgabe.
»Wie alt kann ein Dampfschiff werden?« fragte er seine Mutter.

»Hundert Jahre.«
»So alt? Wieso wird ein Dampfschiff so alt?«
»Weil es nicht so viel raucht wie dein Vater«, antwortete Frau Holzer und warf ihrem Mann einen giftigen Seitenblick zu.
Holzer hustete Tag und Nacht. Er ging zum Arzt.
»Sie müssen sich das Rauchen abgewöhnen«, sagte Dr. Klinger. »Tun Sie das nicht, würde ich Ihnen nicht raten, sich den Beginn einer neuen Fernsehserie anzuschauen. Es könnte sein, daß Sie den Schluß nicht mehr sehen können.«
Holzer gewöhnte sich das Rauchen ab. Er nahm an Gewicht zu, wurde nervös, reizbar, streitsüchtig, und Frau Holzer wäre es lieber gewesen, er hätte wieder geraucht. Aber Holzer rauchte nicht. Einen Monat, zwei Monate, drei Monate. Dann kam sein Geburtstag. »An meinem Geburtstag werde ich doch *eine* Zigarette rauchen dürfen«, sagte er sich. Aus der einen wurden zwei, aus den zweien vier, aus den vieren acht, und bald war er wieder bei hundert am Tag angelangt. Er verlor an Gewicht, seine Nerven beruhigten sich, er war weder reizbar noch streitsüchtig — aber er hustete. Erst bis zwei, dann bis vier, dann bis sechs, dann bis acht Uhr — und schließlich hustete er wieder bei Tag und Nacht.
Brosig, sein Geschäftspartner, gab ihm einen Rat. »Ich habe von einem Wunderheiler gehört«, sagte er. »Er heißt Polzer, lebt in der Schweiz und heilt durch bloßes Auflegen seiner Hände jede Krankheit und jede Sucht.«
Holzer fuhr zu Polzer. Polzer legte seine Hände auf die Stellen, von denen man annehmen konnte, daß sich in ihrem Innern noch kleine Reste von Lungen befanden. Dann verlangte er hundert Franken, und Holzer fuhr nach Hause.
Holzer rauchte nicht. Er nahm an Gewicht zu, aber er war nicht nervös, nicht reizbar, nicht streitsüchtig, weil

das keine Ausdrücke für den Gemütszustand sind, in dem er sich befand. Er fror, er zitterte mit den Händen, kaute an seinen Nägeln und wälzte sich schlaflos im Bett herum. Aber Holzer rauchte nicht. Einen Monat, zwei Monate. Dann kam sein fünfundzwanzigster Hochzeitstag. »An meinem fünfundzwanzigsten Hochzeitstag werde ich doch *eine* Zigarette rauchen dürfen«, sagte er sich. Aus der einen wurden zwei, aus den zweien vier, aus den vieren acht, und bald war er wieder bei hundert am Tag. Wieder verlor er an Gewicht, wieder beruhigten sich seine Nerven, wieder war er ein normaler Mensch — aber wieder hustete er.

Er las in einer Illustrierten von einem Arzt auf den Philippinen: Dr. Malahini. Dr. Malahini heilte Krankheiten und Sucht durch Hypnose. Holzer flog nach den Philippinen.

Dr. Malahini hypnotisierte ihn. Er verlangte dafür hundert Dollar und versprach Holzer, daß er keine Lust mehr verspüren werde zu rauchen.

Holzer kam nach Hause. Er rauchte nicht. Er nahm diesmal auch nicht an Gewicht zu. Er wurde blaß, er verfiel, er bibberte am ganzen Körper, er kroch die Wände hoch und wäre imstande gewesen, einen Menschen zu töten, wenn er dafür hätte eine Zigarette rauchen dürfen. Aber er rauchte nicht. Einen Monat lang. Dann kam das zehnjährige Geschäftsjubiläum. »An meinem zehnjährigen Geschäftsjubiläum werde ich doch *eine* Zigarette rauchen dürfen«, sagte er sich. Aus der einen wurden zwei, aus den zweien vier, aus den vieren acht, und bald war er wieder bei hundert am Tag. Er war nicht mehr blaß, er verfiel nicht mehr, er bibberte nicht mehr am ganzen Körper, er kroch nicht die Wände hoch, er verspürte nicht die geringste Mordlust — aber er hustete. Tag und Nacht.

Er hörte von einem Arzt in Australien, Dr. Bloomfield, der durch Selbstsuggestion jede Krankheit und jede Sucht

heilte. Er flog nach Australien. Dr. Bloomfield erklärte ihm seine Methode: »Das Kleinhirn bestimmt den Willen des Menschen. Wenn der Mensch aber sagt, ich will nicht mehr rauchen, dann läßt sich das Kleinhirn das nicht bieten. Der Mensch hat nicht zu wollen. Zu wollen hat das Kleinhirn. Wenn Sie also nicht rauchen wollen, müssen Sie sagen: »Ich *werde* nicht mehr rauchen, ich werde nicht mehr rauchen, ich werde nicht mehr rauchen. Alles andere übernimmt dann das Kleinhirn.« Holzer bezahlte ein Vermögen, aber jetzt wußte er wenigstens, was er zu tun hatte.
Er ging ins Hotel zurück, sagte sich: »Ich werde nicht mehr rauchen, ich werde nicht mehr rauchen, ich werde nicht mehr rauchen!« und goß sich ein großes Glas Whisky ein. Er setzte das auch zu Hause fort. Aus dem einen Glas wurden zwei, aus den zweien vier, aus den vieren acht, aus den acht wurden sechzehn — und bald trank er bei Tag und Nacht. Er hustete nicht, aber er schwankte. So lange, bis seine Frau vor ihm auf den Knien lag und ihn beschwor, lieber wieder hundert Zigaretten am Tag zu rauchen, anstatt zwanzig Gläser Whisky zu trinken. Holzer und Frau schlossen einen Vertrag: Er raucht fünfzig Zigaretten am Tag und trinkt zehn Gläser Whisky, aber er hustet nur noch bis Mittag und führt eine glückliche Ehe.

Es gibt nur *eine* Methode, sich das Rauchen abzugewöhnen: Stecken Sie die brennende Zigarette verkehrt in den Mund.

Man sagt, daß jede Katze einen anderen Charakter hat. Unser Jacky hat gar keinen Charakter. Das bewies er uns vor einigen Wochen, und deshalb waren wir mit ihm

Beim Tierpsychiater

Ich weiß nicht, was in ihn gefahren war, aber eines Tages erledigte unser Kater Jacky sein — wie soll ich es sagen — »kleines Geschäftchen« nicht wie gewöhnlich in seinem Kistchen, sondern in unserem Schlafzimmer. Und das nach fünf Jahren absoluter Reinlichkeit und direkt auf den Tigerkopf, der mit anschließendem Fell vor meinem Bett liegt und den ich, während einer Afrikasafari, in Kenya selbst gekauft hatte. Wir wollten ihn nicht strafen. Wir behandelten die Angelegenheit äußerst taktvoll und verhielten uns ungefähr wie Queen Elisabeth und Prinz Philipp, als sie erfuhren, daß ihre Tochter, Prinzessin Anne, gewisse Beziehungen zu einem Bürgerlichen habe. Das heißt, wir machten uns nichts wissen. Einmal ist keinmal — vielleicht gibt er es von selbst wieder auf. Ich meine den Kater und nicht den Bürgerlichen. Letzterer hat es nicht aufgegeben, aber »That's not our business«, wie die Franzosen sagen, wenn sie Englisch sprechen. Ich nahm den Kater und trug ihn ins Vorzimmer, während meine Frau den Tigerkopf reinigte. Jacky sollte nicht wissen, daß wir sein Tun bemerkt hatten. Wir sprachen auch nicht darüber. Vorbei. Am nächsten Tag dasselbe, wenn auch mit einer kleinen Variante. Diesmal war es nicht der Tigerkopf, den Jacky beehrte, sondern der Frühstückstisch. Meine Frau sah mich stumm-verzweifelt an. »Was jetzt?« schien ihr Blick zu fragen. Ich schüttelte überlegen den Kopf. »Einmal ist keinmal, daher zweimal einmal, und einmal keinmal.« Nach dieser Feststellung, über die sich die Hugo-Wiener-Forscher einmal ebenso den Kopf zerbrechen werden wie unsere heutigen Wissenschaftler über das Hexeneinmaleins von Goethe, nahm ich Jacky und trug ihn hinaus. Meine Frau putzte inzwischen die Glasplatte unseres Frühstückstisches mit einem Mittel, von dem sie schon lange wissen wollte, ob es, wie die Dame im Fernsehen versichert, wirklich keine Kratzer macht. Es *macht* Kratzer. Schweigend frühstückten wir, bis meine Frau endlich sagte: »Jetzt habe ich es zweimal weggeputzt. Wenn es morgen wieder passiert, kommst *du* dran.« Ich nickte. Ich wußte, daß es nicht wieder passieren würde. Es passierte. Auf meinem Schreibtisch und grad auf einem Vertrag, den ich zur Unterschrift vorbereitet hatte. Meine Frau reichte mir mit einer gewissen Schadenfreude Tuch, Seife, Lysoform und Lysol, und bald roch es in meinem Arbeitszimmer wie in einem Operationssaal. Allerdings hätte sich das vermeiden lassen, wenn ich nicht die Flasche mit dem Lysol umgeworfen hätte. Es kam der nächste Tag. Wir erwachten, stiegen aus unseren Betten (wir haben zwei!) und untersuchten. Tigerkopf — nichts, Frühstückstisch — nichts. Schreibtisch — nichts. Fauteuil! Und grad einer von den neuen mit dem kostspieligen Seidenüberzug. »Es steht 2 : 1«, sagte meine Frau, »und es wäre wieder *deine* Sache, das zu entfernen, aber ich lasse mir durch deine vertrottelte Ungeschicklichkeit nicht auch noch ein Fauteuil ruinieren.« (Es war eine versteckte Anspielung auf die umgeworfene Lysolflasche.) Sie nahm ein Pulver, von dem eine Dame im Fernsehen behauptet, daß es jede Art von Flecken entfernt. Sie schüttete ein wenig auf die feuchte Stelle, ließ es eine

halbe Stunde einwirken und bürstete es dann wieder weg. Der Fleck war entfernt, leider auch die Farbe des Seidenüberzugs. Das ist aber nicht Schuld des Fernsehens. Übrigens sah es gar nicht so schlecht aus. Silberglänzende Seide mit diskretem Blumenmuster und einem weißen Fleck auf der Sitzfläche. Jacky müßte die andern drei Fauteuils genauso bearbeiten. Ob ihm das gelingt?

»Ich mache das nicht mehr mit«, erklärte meine Frau.

»Was willst du tun?«

»Ich rufe Frau Springer an.«

Frau Springer ist eine ausgesprochene Katzenfreundin. Sie muß es sein, sie hat neun Katzen. Ihr Mann ist ein ausgesprochener Katzenfeind. Er muß es sein, seine Frau hat neun Katzen. Eines dieser Tiere, den Kater Anatol, haßt Springer besonders. Dreimal hatte er ihn schon heimlich aus dem Haus getragen, Anatol war immer wieder zurückgekommen. Vor einigen Monaten wechselten die Springers ihre Wohnung, sie übersiedelten von der Stadt nach Grinzing. In der allgemeinen Aufregung, die jede Übersiedlung mit sich bringt, trug Springer den Kater wieder fort. Sechs Kilometer weit — eine fremde Gegend — er überließ ihn seinem Schicksal. »Und?« fragte einer seiner Freunde, als er die Geschichte im Kaffeehaus erzählte. »Hast du ihn jetzt endlich verloren?« — »Verloren?« schrie Springer wütend. »Wenn ich dem Vieh nicht nachgelaufen wäre, hätte ich nicht mehr nach Hause gefunden.« Das nur nebenbei.

»Ich bin verzweifelt, liebste Frau Springer«, klagte meine Frau am Telefon. »Sie verstehen doch soviel von Katzen. Unser Jacky, der immer zimmerrein war, hat es sich nach fünf Jahren plötzlich anders überlegt. Was kann man da tun?«

»Das ist schwer«, hörte ich Frau Springer sagen. »Wenn eine zimmerreine Katze plötzlich nicht mehr zimmerrein ist, hat das seinen Grund. Am besten ist es, Sie gehen zu

einem Tierpsychiater. Kennen Sie Dr. Leiser? Ich werde Sie anmelden, sonst müssen Sie stundenlang warten.«
Also gaben wir Jacky in seine Tragtasche und gingen zu Dr. Leiser. Ich war neugierig, wie die Untersuchung vor sich gehen würde. Wird man von Jacky verlangen, daß er, auf einer Couch liegend, von seiner Jugend erzählt? Man wird sehen. Im Vorzimmer warteten bereits Hunde, Katzen, Vögel. Auch ein Goldfisch war da. »Seit drei Tagen frißt er nicht«, erzählte sein Frauchen eben, worauf ein neben ihr sitzender Hamstereigentümer meinte: »Mit Fischen hat man es schwer, weil sie nicht verstehen, was man ihnen sagt.« — »Der versteht nicht?« entrüstete sich die Fischbesitzerin. »Der versteht jedes Wort. Wenn er schlimm ist, brauche ich ihm nur eine Sardinenbüchse zu zeigen und zu sagen: ›Damit du siehst, wohin schlimme Fische kommen!‹ — und schon ist er wieder brav.« Ich weiß nicht, inwieweit ein Goldfisch schlimm oder brav sein kann, ich hatte auch keine Zeit, darüber nachzudenken. Eben öffnete sich die Tür zum Ordinationszimmer und heraus trat der Tierpsychiater mit einer Dame, die einen Vogelkäfig mit einem Papagei in der Hand trug. »Schafskopf!« rief der Papagei dem Arzt zum Abschied zu. Alle Anwesenden lachten. »Der Nächste, bitte!« sagte der Arzt. Wir gingen hinein. Alle Anwesenden tobten. Es hätten vor uns noch zehn andere Tiere drankommen sollen. Die Hunde bellten empört, die Katzen miauten erbost, die Vögel kreischten wutentbrannt. Nur der Goldfisch blieb stumm. Er dürfte wirklich krank gewesen sein.
Wir nahmen im Ordinationszimmer Platz. »Wir bringen Ihnen unseren Kater«, sagte meine Frau.
»Leiser«, sagte der Arzt.
Meine Frau flüsterte: »Wir bringen Ihnen unseren Kater.« Sie hatte vergessen, daß der Arzt Leiser hieß. Er hatte sich uns bloß vorgestellt. Das Mißverständnis wurde aufgeklärt. Wir lachten, soweit man in einem Ordinations-

zimmer lachen kann. Meine Frau berichtete, was Jacky in den letzten Tagen angestellt hatte.
»Hm«, machte Dr. Leiser. »Darf ich mir den Patienten einmal anschauen?« Dumme Frage. Wozu wären wir sonst gekommen? Wir nahmen Jacky aus seiner Tasche und setzten ihn auf den Schreibtisch. Ich hatte kein gutes Gefühl. Auf dem Schreibtisch verstreut lagen die Aufzeichnungen Dr. Leisers, und Jacky blickte sie abschätzend an, als ob er schon wieder etwas vorhätte und sich die für seinen Zweck am besten geeignete Aufzeichnung aussuchen wollte.
»Na, kleiner Mann?« fragte der Tierpsychiater und hielt Jacky den Zeigefinger hin. Jacky biß zu. Das hatte er noch nie getan. »Aggressive Depression«, meinte Dr. Leiser, während er die Wunde mit einem Pflaster verklebte. »Katzen sind Individualisten. Plötzlich paßt ihnen etwas nicht, sie empfinden ein seelisches Unbehagen, das sich, wie in Ihrem Fall, durch Unsauberkeit äußern kann. Es wäre nun der größte Fehler, den Kater ›erziehen‹ zu wollen und seine Nase in das von ihm geäußerte Unbehagen zu stecken. Das wäre ganz falsch. Das Tier ist ja nicht unsauber, sondern gekränkt. Die Ursache müssen wir aus dem Wege schaffen. Seien Sie nett zu ihm, befassen Sie sich mehr mit ihm als sonst, füttern Sie ihn, geben Sie ihm mehrmals am Tag ein Stückchen Fleisch, eine Rosine — was er eben gerne hat. Spielen Sie mit ihm. Und das Wichtigste: Beseitigen Sie alle Spuren, die er in den letzten Tagen hinterlassen hat, aus seinem Blick- oder Geruchsfeld. Stellen Sie die Möbel um, die Katze braucht Neuland. Geben Sie ihr Kistchen auf einen andern Platz, die Katze wird das akzeptieren und sich wieder ändern.«
Dr. Leiser schrieb noch ein Rezept für Baldriantropfen und eine Rechnung auf fünfhundert Schilling, und wir konnten gehen.
Jacky kränkte sich also. Aber worüber? Weil ihn unser

Briefträger scherzhaft ein »dickes Kalb« genannt hatte? Das konnte es nicht sein. Auch nicht, daß unser Hausbesorger, Herr Matschek, fand, daß Jacky in gewissen Momenten eine Ähnlichkeit mit Frau Morländer vom dritten Stock habe. Nein. Jacky war noch zwei Tage danach auf sein Kistchen gegangen. Oder? Sollte er die Beleidigungen zwei Tage in sich hineingefressen und erst am dritten Tag begonnen haben, sich zu kränken? All diese Fragen quälten uns, aber was immer es war, wir mußten mit der Therapie beginnen. Dr. Leiser hatte gesagt: »Geben Sie dem Tier mehrmals am Tag ein Stückchen Fleisch, eine Rosine — was es eben gerne hat.« Fleisch und Rosinen hatten wir nicht im Haus, wir schütteten also die Leber, die Jacky so liebt, in den Mülleimer und gaben dafür eine Banane in seine Freßschüssel. Das Tier hatte das *nicht* gern. Es sprang auf die Wäschebank und döste vor sich hin. Es kränkte sich. Was hatte Dr. Leiser noch gesagt? »Spielen Sie mit ihm mehr als sonst.« Ich sagte alle meine Verpflichtungen ab, darunter eine Theaterpremiere, ein Fernsehspiel und ein Cabaretprogramm. Meine Frau beauftragte ihre Managerin, ihr Engagement zu lösen und kein neues anzunehmen. »So, Jacky«, sagten wir, »jetzt werden wir mit dir spielen.« Wir knieten uns auf den Boden und spielten mit einem Ball, den Jacky ansonsten abzufangen und zu verstecken pflegte. Er fing ihn nicht ab, er versteckte ihn nicht. Er kränkte sich. Nach einiger Zeit bemerkten wir, daß wir — zwei ziemlich erwachsene Menschen — auf dem Boden knieten und miteinander Ball spielten. Jacky hatte uns längst allein gelassen. Angstvoll suchten wir ihn. Wir fürchteten, daß er seiner gekränkten Seele wieder einmal irgendwo Luft machen könnte. Auf der Klavierdecke zum Beispiel war er noch nicht gewesen.

»Stellen wir die Möbel um«, sagte ich. Wir sperrten Jacky in eine Kammer und packten zu. »Das Tier braucht Neuland«, hatte Dr. Leiser gesagt, es sollte es haben. Nach ungefähr vier Stunden, in denen wir wie Möbelpacker gearbeitet hatten, ließen wir Jacky heraus. Er sah sich um. Wo war er? Er ging in das Schlafzimmer und fand keine Betten. An ihrer Stelle befand sich der Musikschrank aus dem Salon. Er lief in mein Arbeitszimmer, sprang auf den Schreibtisch und sah, daß er auf dem Küchenherd saß. Was war da los? Er wurde unruhig. Er jagte in den Salon und fand die vier Fauteuils um die Waschmaschine gruppiert. Er suchte den Tiger und entdeckte, daß dieser an der Wand hing. Und nun offenbarte sich uns die Genialität des Tierpsychiaters. Jacky geriet in Panik. Er rannte durch die ganze Wohnung, immer wieder, immer wieder, wir hinter ihm her — bis wir wußten, was er suchte: sein Kistchen. Er fand es in der Küche unter dem Barocktisch. Aufatmend sprang er hinein, setzte sich auf die Katzenspreu und — muß ich erzählen, was er dort machte? Wir standen selig dabei und sahen ihm zu. Er hatte sich wiedergefunden.

Wir wissen, daß er uns liebt. Alle beide. Drum sage ich jetzt, sooft meine Frau etwas an mir auszusetzen hat: »Sei still — er könnte sich kränken.«

Der Hund bellt im Yemen ebenso wie auf dem Nordpol, die Katze miaut in Uganda genauso wie in Kapstadt, und der Esel macht in Spanien ebenso »I-a« wie in Albanien. Die Tiere haben ihre internationale Sprache, die Menschen nicht. Das wurde mir anläßlich eines Urlaubs in Jugoslawien bewußt. Weshalb ich auch der folgenden Geschichte, nach langem Nachdenken, den originellen Titel gegeben habe:

Urlaub in Jugoslawien

Es gibt Menschen, die russisch, chinesisch und jugoslawisch sprechen. Russisch die Russen, chinesisch die Chinesen und jugoslawisch die Jugoslawen. Wenn ich die Idiome zusammenlege, die meine Frau und ich sprechen, sind es fünf: französisch, englisch, spanisch, holländisch und deutsch. Jugoslawisch sprechen wir nicht. Und gerade in Jugoslawien verbrachten wir unseren letzten Urlaub. Warum? Unser Freund, Dr. Robinson, besitzt einen Bungalow auf einer traumschönen jugoslawischen Fischerinsel, den er uns zur Verfügung stellte, während er und seine Frau eine Nordlandreise machten. Der Bungalow war geräumig, lag in der Nähe des Strandes — es wäre alles in Ordnung gewesen, wenn die Jugoslawen nicht jugoslawisch gesprochen hätten.

Aber sie taten es. Zum Glück war ich clever genug gewesen, mir aus Wien einen Urlaubs- und Reise-Sprachführer mitzunehmen. Er hieß »Serbo-Kroatisch für Jugoslawien« und war sehr praktisch. Er war nach Sparten geordnet, wie »Beim Arzt«, »In der Bank«, »Im Bad« usw., links standen die Sätze in deutsch, rechts in jugoslawischer Übersetzung mit Aussprachebezeichnung. Leider hatte ich für uns beide nur einen einzigen Sprachführer gekauft, und das war schlecht. Schon am zweiten Tag unseres Jugoslawienaufenthaltes stellte es sich heraus, daß wir zwei gebraucht hätten. Meine Frau mußte nämlich zum Arzt gehen und ich zum Friseur. Man macht Urlaub, um zu vergessen, wenn man aber dann die Koffer öffnet, sieht man erst, was man alles vergessen hat. Bei mir war es der elektrische Rasierapparat. Was macht man also, wenn man nur *einen* Sprachführer hat? Meine Frau wußte auch da einen Ausweg. Sie riß ganz einfach die Seite »Beim Friseur« heraus und gab sie mir mit. Ich betone: die Seite. Eigentlich wären es ja zwei Seiten gewesen. Die linke Seite mit den Sätzen in deutsch, und die rechte Seite mit der jugoslawischen Übersetzung und Aussprachebezeichnung.

Auf die deutsche Seite hatte sie vergessen. »Never mind«, dachte ich mir — ich spreche oft mit mir englisch — »was kann man beim Friseur schon wollen? Rasieren oder Haareschneiden. Ich will mich bloß rasieren lassen — ich werde mich schon verständigen.«

Als ich zum Friseur kam, las ich aus meinem halben Sprachführer: »Koliko treba da čekam?« Der Friseur machte eine leichte Verneigung und zeigte auf einen Stuhl. Er hatte mich verstanden. So leicht war das. Er sah mich fragend an. Ich zeigte auf mein Gesicht und las: »Potšišajte me molim!« Er schnitt mir die Haare. Ich wollte nichts sagen, ich bedauerte nur, daß ich sie erst vor zwei Tagen hatte schneiden lassen. Als er fertig war, strich ich mit der Hand über meine Wangen, lächelte ihm freundlich zu und las: »Razdeljak molim levo, desno u sredini!« Er zog mir drei Scheitel, einen links, einen rechts und einen in der Mitte. Ich wurde langsam nervös. »Dajte mi molim nešto da čitam!« las ich barsch. Er gab mir etwas zum Lesen. Was tun? Ich nahm meine Wangen in die Hände und zwickte sie, bis sie rot wurden. »Uredite mi obrve!« las ich wütend. Er rasierte mir die Augenbrauen aus. Ich war verzweifelt. »Obojite mi trepavice!« las ich weinerlich. Er schwärzte mir die Wimpern. Ich ohrfeigte mein unrasiertes Gesicht und las: »Molim trajnu ondulaciju!« Der Verbrecher machte mir eine Dauerwelle. Ich gab nicht nach. Einmal mußte doch der Satz kommen: »Rasieren Sie mich!« Ich las: »Obojite mi kosu u plavo, braon, ticijan, crno!« Er starrte mich an, seine Hände zitterten. Ich bedeutete ihm mimisch, sich zu beeilen. Er stürzte zum Telefon, führte ein kurzes Gespräch und kam ängstlich zögernd zurück. Noch immer zitternd, teilte er mein Haar in vier Flächen, die er verschieden färbte: blond, braun, tizianrot und schwarz. Wütend sprang ich auf und hätte wahrscheinlich das Geschäft zusammengeschlagen, wenn nicht zwei Polizisten gekommen wären. Anscheinend hatte sie der Friseur telefonisch zu Hilfe gerufen.

Sie brachten mich auf das Kommissariat. Dort fand ich meine Frau. Sie hatte ein ähnliches Mißgeschick gehabt wie ich. Die deutsche Seite von »Beim Arzt« stand auf der Rückseite der jugoslawischen Seite von »Beim Friseur«, so daß auch ihr die deutschen Sätze fehlten. Als wir die beiden Seiten zusammenfügten, erfuhren wir, was sie dem Arzt auf jugoslawisch gesagt hatte: »Ich bin gestürzt, ich huste, mein Mann hustet, mein Kind hustet, meine Nachbarin hat Magenkrämpfe, meine Kusine leidet an Verstopfung, der Bruder meines Mannes mußte heftig erbrechen, mein Onkel hat die Beulenpest, darf ich aufstehen, wie lange muß ich liegen, verständigen Sie meine Frau, meinen Mann, das Hotel, in dem ich wohne, die österreichische, deutsche, französische, amerikanische Botschaft.« Der Arzt hatte die Polizei verständigt.

Etwas dämlich sollen wir dreingeschaut haben, als uns Dr. Robinson vier Wochen später mitteilte, daß es auf der Insel einen Münchner Arzt und einen Wiener Friseur gegeben hätte.

Möge Gott mich vor meinen Freunden schützen – vor meinen Feinden schütze ich mich selbst.

(Voltaire)

Gute Freundinnen

Robinson, der Anwalt, und Wronsky, der Zahnarzt, sind Freunde. Mela, die Frau des Anwalts, und Vera, die Gattin des Zahnarztes, sind Feindinnen. Und das, seit Blondel auftauchte. Blondel, nicht der Sänger des Richard Löwenherz, sondern Blondel, der Textilwarenvertreter. Er kam aus Frankfurt und lernte die beiden Ehepaare kennen. Er war bei Robinsons zum Abendessen, und er war bei Wronskys zum Abendessen. Er traf sich mit beiden Paaren im Kaffeehaus, er traf sich mit jedem der beiden Paare separat im Kaffeehaus, er traf sich mit den beiden Herren im Kaffeehaus, er traf sich mit jedem der beiden Herren separat im Kaffeehaus, er traf sich mit den beiden Damen im Kaffeehaus, und er traf sich mit jeder der beiden Damen separat — nicht im Kaffeehaus. Er fuhr mit Mela in den Wienerwald und mit Vera in die Wachau. Er erzählte jeder der beiden dieselbe traurige Geschichte. Wie einsam er sei, seit sich seine Frau in Frankfurt eines amerikanischen Offiziers wegen von ihm hatte scheiden lassen, wie es ihm nicht einmal gestattet sei, sein einziges Kind, den vierjährigen Heinz, zu besuchen usw. Soweit ging alles gut, bis. Ich weiß, daß man nach »bis« keinen Punkt setzt, aber ich muß eine kleine Nachdenkpause einschalten. Wie sag ich es meinem Leser? Soweit ging alles gut, bis es fast. Auch nach »fast« setzt man keinen Punkt, aber wie sag ich es meiner Leserin? Kurz — es war knapp bevor, als. Auch nach »als« setzt man keinen Punkt, aber ich habe darüber nachgedacht. Sie werden, durch den Punkt provoziert, den Satz noch einmal lesen und genau wissen, was ich meine. a) ist es mir nicht gegeben, mich vulgär auszudrükken, weshalb ich auch keine deutschen Filmdrehbücher zu schreiben bekomme, und b) gehören beide Damen zu meinem Bekanntenkreis. Es war also knapp bevor, als folgendes eintrat: Blondel pflegte seine Rendezvous mit den beiden Damen nicht telefonisch zu vereinbaren, das wäre zu gefährlich gewesen — erinnern Sie sich an Watergate —, er machte das brieflich. Und da beide Damen persönlich die Post aus ihren Hausbriefkästen holten, konnten sie die an sie gerichteten Briefe unbemerkt verschwinden lassen. Und da passierte es, daß. Auch nach »daß« setzt man keinen Punkt, aber ich überlege. Ich überlege, ob Sie mir das, was ich Ihnen jetzt erzähle, auch glauben werden.

Da passierte es nämlich, daß Blondel eines Tages die Briefumschläge vertauschte. In den Umschlag für Vera steckte er den Brief für Mela, in den Umschlag für Mela den Brief für Vera. So kam es, daß Vera einen Brief mit der Überschrift »Geliebte Mela« bekam und Mela eine mit der Überschrift »Geliebte Vera«. Daß Blondel sofort von der Speisenkarte gestrichen wurde, versteht sich von selbst. Wie sollte sich aber das Verhältnis der beiden Damen zueinander gestalten? Eine öffentliche Feindschaft wäre zu auffallend gewesen. Also sprach man weiter miteinander, lächelte einander weiterhin zu, tat, als ob nichts gewesen wäre, aber: nach einigen Wochen bekam Mela eine mit Schreibmaschine geschriebene Karte ohne Unterschrift: »Sie haben es nötig, eine Kreuzfahrt zu machen. Kümmern Sie sich lieber um Ihren Haushalt, in dem alles drunter und drüber geht.« Mela war wütend. Wer konnte ihr diese

Karte geschickt haben? Vera? Kaum anzunehmen. Sie wüßte, daß der erste Verdacht auf sie fallen würde. Wer also sonst! Wem hatte sie von ihrer Absicht, eine Kreuzfahrt zu machen, erzählt? Ihrer Schwester? Lächerlich. Dr. Krupetz, ihrem Arzt? Warum sollte ihr Dr. Krupetz eine anonyme Karte schreiben. Frau Piwak, ihrer Schneiderin? Auch nicht. Sonst hatte sie aber mit niemandem darüber gesprochen. Moment! Hatte sie nicht erst kürzlich jemand an Frau Piwak empfohlen? Natürlich! Vera Wronsky! Also doch Vera! Rasch entschlossen setzte sie sich an die Schreibmaschine ihres Mannes, nahm eine Karte und schrieb: »Sie, mit Ihrer Figur, haben es nötig, kurze Kleider zu tragen. Ein Konzertflügel würde Sie um Ihre Beine beneiden.« Vera erstarrte, als sie die Karte erhielt. Wer schickte ihr eine anonyme Karte? Mela? Kaum anzunehmen. Sie wüßte, daß der erste Verdacht auf sie fallen würde. Wer also sonst? Wer hatte sie in dem kurzen Kleid gesehen? Sie hatte es bloß ein einziges Mal getragen, und zwar bei dem Abendessen bei Bauers. Bauer und Frau, zwei honette Menschen, kamen nicht in Betracht. Wer war sonst noch dort gewesen? Richter und Gattin, Möbel en gros? Lächerlich. Warum sollten die ihr eine anonyme Karte schreiben? Lena Dubsky? Auch nicht. Lena, ein sympathisches, dezentes Wesen, eine Frau von Format, würde nie daran denken, ihr — Moment! Hatte Lena, diese antipathische, ordinäre Ziege, nicht erwähnt, daß sie Mela wieder einmal anrufen müsse? Natürlich! Lena hatte Mela von ihrem Kleid erzählt. Also doch Mela! Vera setzte sich an die Schreibmaschine und schrieb an Mela: »Glauben Sie, die Welt weiß nicht, daß Sie Ihr Gesicht spannen ließen? Preis S 20.000. Ein Schleier wäre billiger gewesen.« Wutentbrannt setzte sich Mela zur Maschine und schrieb zurück: »Sie dumme Person! Ich habe schon als junges Mädchen einen Schönheitspreis bekommen, den mir das damalige Staatsoberhaupt persönlich überreicht hat.« Vera, außer sich, erwiderte: »Ha, ha! Hat der Kaiser Franz Joseph keine andern Sorgen gehabt?« Mela zitterte, als sie die Karte las. Das war eine Antwort. Ein direktes Eingeständnis. Und da man gerade den 28. Dezember schrieb, sandte sie Vera ein Billett: »Ich wünsche Ihnen ein glückliches neues Jahr! Aber nur eines!« Drauf Vera: »Ihre Wünsche sind mir schnuppe, Sie Hexe! Sagen Sie lieber Ihrem Bruder, daß er nicht mehr zu uns kommen soll. Als er das letztemal hier war, hat er meinem Mann eine Pfeife gestohlen.« Drauf Mela: »Machen Sie sich nicht lächerlich, Sie Lügenmaul! Mein Bruder hat für jeden Wochentag eine andere Pfeife!« Drauf Vera: »Gratuliere! Jetzt hat er auch eine für Sonntag!« Drauf Mela: »Ich glaube, mein Mann hat sich nach Ihnen erkundigt. Er hat mich gefragt, ob ich weiß, was das ekelhafte Klatschweib macht.« Drauf Vera: »Ihr Mann soll nicht tun, als ob er mich nicht gesehen hätte, als er mit seiner Sekretärin aus dem Hotel kam!« Drauf Mela: »Denken Sie, Ihr Mann hat *keine* Freundin? Kleiden Sie sich nicht so jugendlich, und er würde sich nicht schämen, mit Ihnen auf die Straße zu gehen!«

So ging es fort. Mela und Vera waren in ständiger, anonymer Korrespondenz. Und sie machten kein Hehl daraus. Sie trafen zum Beispiel einander auf der Straße.

Mela: Sie? Ich habe schon lange nichts von Ihnen gehört.

Vera: Entschuldigen Sie, da muß eine Karte verlorengegangen sein. Ich habe immer geschrieben.

Mela: Ich kann Ihnen sagen — diese Post!

Da, eines Tages war der Kartenwechsel zu Ende. Wieso? Dr. Robinson hatte einen jungen Konzipienten, Dr. Wronsky einen jungen Dentisten bekommen. Die beiden Frauen standen einander nicht mehr im Weg.

Es gibt nichts auf Erden, was man mit einer Frau vergleichen könnte. Es sei denn — eine andere Frau.

Nichts geht den Menschen so sehr auf die Nerven wie die Menschen. Ich erfuhr das anläßlich einer

Kaffeehausbekanntschaft

Joschi und ich treffen einander fast täglich in unserem Stammcafé. Wir sprechen über Kritik, Produzenten und Regisseure, über den und den und wer mit wem. Über wer mit wem sprechen wir am liebsten.
Eines Nachmittags war das Café überfüllt, nur in unserem Fenster war noch ein Stuhl frei. Bald näherte sich ein älterer Herr, klein, mit grauen Haaren, grauem Gesicht, grauer Krawatte, grauem Anzug und grauen Schuhen. Er sah aus wie ein trostloser Regentag auf dem Land, oder — wie Joschi fand — wie ein Mäuserich. Höflich fragte er, ob er bei uns Platz nehmen dürfe, wir sagten »Gern!« und wünschten ihn innerlich zum Teufel.
Der Mäuserich setzte sich und war unangenehm. Er las keine Zeitung, keine Illustrierte, er löste kein Kreuzworträtsel — nichts. Er saß da und ließ sich den Bart wachsen. Unser Gespräch war erledigt. Aus. Wie konnten wir über wer mit wem reden, wenn jemand am Tisch saß, von dem wir nicht wußten, ob er nicht den und den kannte? Wir wechselten das Thema, sprachen von Politik, von Hunden und Ärzten. Plötzlich ritt Joschi der Teufel — ich halte diese Redensart für blanken Unsinn, ebenso wie ich den »blanken Unsinn« für offenen Blödsinn halte — aber

irgendwie muß ich mich ausdrücken. Plötzlich also ritt Joschi der Teufel, und er erwähnte den Namen Berger. »Berger?« rief da unser Mäuserich. »Ich kenne auch einen Berger. Mit dem ist mir einmal folgendes passiert: Ich sitze im Stadtpark, plötzlich ...«, und nun folgte eine Geschichte, lang und weilig und uninteressant, bis Joschi und ich bezahlten und das Lokal verließen.

Am nächsten Tag war das Café leer, nur der Mäuserich war da und setzte sich zu uns. Und am dritten Tag wieder und am vierten Tag auch. Wir beachteten ihn nicht, wir taten, als ob er nicht vorhanden wäre, aber was nützte es? Sobald einer von uns einen gewissen Soundso nannte, sagte er: »Einen Soundso kenne ich auch, mit dem ist mir einmal folgendes passiert«, und schon begann er zu erzählen. Joschi und ich waren verzweifelt. Wir beschlossen, am nächsten Tag überhaupt nichts zu sprechen. Der nächste Tag kam und mit ihm der Mäuserich. Wir erwiderten seinen Gruß, ansonsten blieben wir stumm. Der Mäuserich wartete. Wir auch. Heute, dachten wir, wirst du dich nicht in unser Gespräch mischen, weil wir keines führen. Dachten wir. Wir mußten umdenken. »Die Herren sind heute so schweigsam«, sagte nämlich der Mäuserich plötzlich. »Ich kenne noch so einen schweigsamen Herrn, einen gewissen Handl, mit dem ist mir einmal folgendes passiert.« Und schon begann er seine Erzählung. Joschi war den Tränen nahe, und ich, ein bekannt ruhiger Mensch, den nichts aus der Fassung bringen kann, mußte krampfhaft an mich halten, um dem Mäuserich nicht den Aschenbecher an den Kopf zu werfen.

Am folgenden Tag hielten wir Kriegsrat. Der Mann, der da in unser Kaffeehausleben getreten war, drohte dieses zu zerstören. So weit durften wir es nicht kommen lassen. Joschi, der die Ideen bekanntlich aus dem Ärmel schüttelt, hatte auch schon einen Plan.

»Hör mich an«, sagte er.

»Sollte der Kerl heute wieder kommen, reden wir einen solchen Blödsinn, daß er einfach nicht mitkommt.«
»Und die Namen?« fragte ich. »Was ist mit den Namen?«
»Namen nennen wir nur die ausgefallensten, bei denen er nicht sagen kann: ›Da kenne ich auch einen!‹ Klar?«
»Klar.«
Schweigend drückten wir uns die Hände — bald würden wir wieder im Besitz unseres Kaffeehauses sein. In Erwartung dieses großen Augenblicks gingen wir hin und setzten uns an unseren Stammtisch. Es waren noch keine fünf Minuten vergangen, als der Mäuserich eintrat.
»Sie gestatten doch?« fragte er uns.
»Aber natürlich!« sagten wir beide und boten ihm seinen schon gewohnten Platz an. Die Vorfreude lachte uns aus den Augen, und während er — der Mäuserich — seinen Mokka bestellte, fragte mich Joschi: »Du erinnerst dich doch an die Gingelings?«
»Selbstverständlich«, sagte ich. »Das reizende Paar, das wir auf der Party bei Gongelongs kennengelernt haben.«
»Genau«, sagte Joschi. »Da wirst du ja auch wissen, daß Radieschens Sohn zurückgekommen ist . . . der Dings . . . wie heißt er nur . . . du weißt schon . . . der mit dem tschechischen Namen . . .«
»Tacitus«, sagte ich.
»Richtig. Tacitus war doch in Amerika. Er kämpfte dort unter Kaiser Franz Joseph im Zivilkrieg Wolverhampton gegen Chelsea und gewann 7 : 1. General Lasalle hat ihm vor fünftausend Menschen persönlich das Kreuz der Ehrenlegion an die Brust geheftet und hat ihn geküßt.«
»Und?« fragte ich gespannt. »Was war weiter?«
»Er mußte ihn heiraten«, sagte Joschi.
Der Mäuserich sah verwundert von einem zum andern. Er kannte sich nicht aus.
»Die arme Klytemnästra!« sagte ich bedauernd. »Wie hat sie es ertragen?«

»Kly?« fragte Joschi. »Am Anfang sehr schwer. Dann hat sie das Vorzimmer grün tapezieren lassen, das hat sie über das Schlimmste hinweggebracht.«

»Sie war immer ein tapferes Mädel«, sagte ich gerührt.

»Ein Kumpel«, pflichtete mir Joschi bei. »Natürlich ist die Sache mit dem Motorrad nicht spurlos an ihr vorübergegangen.«

»Das kann ich verstehen«, sagte ich. »Es muß schon ärgerlich sein, von einem Elefanten zu fallen.«

»Noch dazu in der Küche«, meinte Joschi. »Aber was willst du dagegen tun? Das sind Unfälle, mit denen man rechnen muß, wenn man Feuerwehrmann ist.«

»Berufsrisiko«, gab ich zu. »Dabei hatte sie noch das Glück, daß Chihuahua das Haferfeld nicht verkauft hat.«

»Der Alte?« hohnlachte Joschi. »Der hat ihr doch nicht eine einzige Quilpe gegeben.«

»Nicht möglich!« Ich war richtig empört. »Der Mann muß doch Millionen besitzen.«

»Milliarden!« korrigierte mich Joschi.

Der Mäuserich wurde nervös. Unruhig rückte er auf seinem Stuhl hin und her. Was bedeutete das alles?

»Milliarden?« zweifelte ich. »Übertreibst du da nicht ein bißchen?«

»Durchaus nicht«, sagte Joschi. »Garibaldi kann es dir bestätigen. Der Alte war Portier bei der Mafia und ist heute nicht nur Präsident des größten Stahlkonzerns von San Marino, sondern auch Hauptaktionär der Bleistiftminen in Alaska und Aufsichtsrat im Verband der BB.«

»Bundesbahnen?« fragte ich.

»Besenbinder«, sagte Joschi. »Der Mann ist so reich, daß er sich eine neue Jacht gekauft hat, bloß weil die alte naß geworden ist.«

»Erstaunlich!« wunderte ich mich. »In diesem Alter. Der Gute muß doch mindestens achtzig sein.«

»Cicero?« lachte Joschi. »Zweiundneunzig! Und geistig so rege, daß er jeden Abend mit mir eine Partie Schach spielt.«

»Und körperlich? Wie ist er körperlich beisammen?« erkundigte ich mich.

»Riesig!« sagte Joschi. »Wenn er einmal eine Partie verliert, wirft er mir das Schachbrett an den Kopf.« Wir strengten uns an, unbändig zu lachen.

Der Mäuserich hörte zu, er stand nicht auf, er ging nicht fort. Wir waren gezwungen, weiterzumachen.

»Warst du wieder einmal bei dem griechischen Orangenfabrikanten?« fragte ich.

»Bei Appendizitis? Ich habe vorgestern bei ihm gespeist.«

»Und?« fragte ich vertraulich. »Was macht die schöne Epidermis?«

»Leider aus«, sagte Joschi mit einem Anflug von Traurigkeit. »Sie hat sich mit dem Sohn seines Konkurrenten verlobt.«

»Mit Hepatitis?« rief ich überrascht.

»Mit Laryngitis«, sagte Joschi. »Du weißt, sein jüngerer Bruder . . .«

Der Mäuserich sah uns verächtlich an. Er schien uns durchschaut zu haben. Gleich wird er aufstehen, gleich wird er gehen, jubilierte ich innerlich. Leider machte mich der Gedanke übermütig. Anstatt den Erfolg unseres Plans abzuwarten, fragte ich mutwillig: »Laryngitis? Das ist doch der Neffe des —?«

In diesem Moment wurde Joschi durch die Beine eines vorübergehenden Mädchens abgelenkt. »Neffe des —?« wiederholte er abwesend, nachdem ich ihm unter dem Tisch einen Tritt versetzt hatte.

Ich sah die Gefahr kommen. »Der Neffe des —?« fragte ich drohend. Und da passierte es. Joschi, dem größten Genie aller Zeiten, fiel nichts Besseres ein, als zu sagen: »Der Neffe des Cäsar.«

Der Mäuserich strahlte.
»Cäsar?« rief er. »Ich kenne einen Mann, der einen Hund hat, der Cäsar heißt. Mit dem ist mir einmal folgendes passiert: Ich fahre mit der Bahn von Wien nach Graz ...«

Wir gaben uns geschlagen. Da wir unsere Taktik nicht mehr wechseln konnten, wechselten wir das Kaffeehaus.

Das einzige, was eine Familie heute einander näherbringt, ist ein enger Wagen. Und doch! Es gibt auch heute noch glückliche Familien. Ich kenne eine solche. Wollen Sie sie auch kennenlernen? Bitte – ich mache bekannt: Meine Leserin – mein Leser –

Die glückliche Familie

Vater, Mutter, ein Mädel, ein Bub — das ist sie: die glückliche Familie. Sie bewohnen ein kleines Fertighäuschen im Grünen, das sie sich mit Hilfe eines Baukredits, den ihnen die Creditanstalt zu äußerst günstigen Bedingungen bewilligt hatte, hinstellen ließen. Die Einrichtung ist nicht teuer, aber geschmackvoll. Sie haben sie sehr preiswert im Möbelhaus Europa gekauft, wo sie natürlich von dem vorteilhaften Ratenzahlungssystem Gebrauch machten. Und in der heimeligen Küche fühlt Mutti sich richtig wohl. Sie wollte eine Traumküche, mit den besten und solidesten Einbaugeräten. Bei Elin hat sie sie gefunden. Den Kühlschrank, den Geschirrspülautomaten, die Einbaumulde, die Dunstabzugshaube, den Waschautomaten, und, und, und, und. Und alles paßt exakt zueinander. Auf Elin ist Verlaß. Schau, trau, Elin!
Zum Frühstück versammelt sich die glückliche Familie in der rustikalen Speiseecke.
»Hast du dir auch die Zähne geputzt, Heinzi?« fragt Vati.
»Ja, Vati. Mit der neuen Signal-Zahnpasta. Die neue Signal ist die beste, die es gibt.«

»Und gewaschen«, setzt Evi fort, »haben wir uns mit der guten Seife Fa. Fa macht frisch mit der wilden Frische von frischen Limonen.«
Heute ist Muttis Geburtstag, und Vati hat ihr einen Meller-Katalog gebracht, aus dem sie sich das richtige Heizgerät aussuchen sollte.
»Meller erzeugt Geräte für alle Heizsysteme«, sagt Vati. »Nur Meller, wenn es ums richtige Heizen geht.«
Aber auch die Kinder haben ihr Geschenk bereit: die »Wiener Pastete« von Hofbauer.
»Für Verwöhnte«, sagt Heinzi. Und Mutti sagt: »Ich weiß. Es ist eine erlesene Gaumenfreude aus Marzipan, Buttertrüffelmasse und feinen Früchten.«
»Überzogen mit zartbitterer Schokolade«, setzt Vati hinzu. Die glückliche Familie trinkt Kaffee. Und während Mutti Vati eine zweite Tasse eingießt, sagt sie: »Davon kannst du beruhigt mehr trinken. Idee-Kaffee ist magenfreundlich. Er ist weitestgehend von unerwünschten Röstreizstoffen befreit, die oft Magen, Leber und Galle belasten.«
»Und das anregende Coffein sowie das volle Aroma bleiben erhalten«, meint Vati. »Deshalb schmeckt Idee-Kaffee auch so gut.« Zum Kaffee ißt die glückliche Familie das gesunde Vollkornbrot mit Butter. Butter ist durch nichts zu ersetzen — außer durch die nahrhafte Vita-Margarine, die so reich ist an lebenswichtigen Wirkstoffen. Das Telefon klingelt. »Das wird Tante Gerda sein«, sagt Mutti und hebt den Hörer ab. »Tante Gerda? Oh! Ich danke dir für die Glückwünsche! Wie geht es dir? Du fühlst dich müde und abgespannt?«
Vati flüstert: »Laß mich mit ihr reden.« Mutti gibt ihm den Hörer. »Tante Gerda? Ja. Auch ich fühlte mich müde und abgespannt, bis mir meine Frau Buerlecithin brachte. Jetzt meistere ich die täglichen kleinen und großen Strapazen viel besser. Dieses Stärkungsmittel ist ein wahrer Segen, weil es Erschöpfungszuständen wirklich vorbeugt.«

Vati muß ins Büro. Er ist Angestellter bei der Allianz-Versicherung, und er liebt seinen Beruf. Allianz ist, wie man weiß, Service von Mensch zu Mensch. Er steigt in seinen Wagen — ein guter Wagen, der Peugeot — und fährt zu seinem Arbeitsplatz. Die Kinder gehen in die Schule, Mutti in den Supermarkt.
Am Abend kommt Vati nach Hause. »Was gibt es zu essen?« erkundigt er sich.
Mutti lächelt. »Rate!«
Vati zieht den köstlichen Duft durch die Nase ein. »Das ist«, rät er, »ein Braten.« Plötzlich leuchten seine Augen auf. »Ich hab's!« ruft er aus. »Das ist Osolio, das reine Sonnenblumenöl! Es gibt uns die Kraft fürs tägliche Leben!«
Man geht zu Tisch, Mutti bringt den Braten, die glückliche Familie speist mit größtem Appetit.
»Oh, Mutti!« ruft Evi plötzlich erschrocken. »Ich habe mir einen Fleck in die Bluse gemacht!«
»Schadet nichts«, meint Mutti gütig. »Zieh sie aus, ich wasche sie dir mit Genie zwischendurch.«
»Da, Mutti!«
»Es ist nicht zu glauben«, wundert Vati sich immer wieder. »Vor der Wäsche schaut euch den Schmutz an, nach der Wäsche schaut euch das Wasser an.«
»Hast du meinen Pullover auch mit Genie gewaschen, Mutti?« fragt Heinzi.
»Nein, Kind«, gibt Mutti zur Antwort. »Deinen Pullover habe ich mit dem neuen Fewa-Flausch-Weichspüler gewaschen. Der macht die Wolle weich. Flauschig weich.«
»Die große Wäsche aber«, meint Vati belehrend, »wäscht Mutti mit Omo. Zwanzig führende Waschmaschinenmarken empfehlen Omo. Omo wäscht durch und durch ... Was wollt ihr trinken?«
»Fanta!« rufen die Kinder. »Durst macht Spaß mit Fanta!« Evi hustet.

»Du hustest, Kind?« Vati ist besorgt.
»Da nimm!« sagt Mutti. »Wick-Hustenbonbons. Sie lösen und lindern. Wick-Hustenbonbons — die Hustenversicherung.«
Mutti bringt Käse zum Nachtisch, denn zu einer festlichen Mahlzeit gehört Käse.
»Mahlzeit!« wünscht Mutti. Und alle rufen: »Käsezeit!« Man setzt sich vor den zukunftsbestimmenden, servicefreundlichen Philips-Fernsehapparat. Alle Philips-Farbfernsehgeräte sind Modul-Modelle. Um acht müssen die Kinder ins Bett. Sie ziehen ihre Huber-Pyjamas an, auch Vati und Mutti machen sich's bequem. Alle vier lachen. Warum? Huber-Trikot macht froh.
Um zehn gehen auch Vati und Mutti — fast hätte ich geschrieben »zu Bett«. Sie gehen »zu Couch« — sie haben ja die bequeme Doppelcouch, aus der man im Nu zwei Betten machen kann.

Sie fragen, wo es diese glückliche Familie gibt?
Im Werbefernsehen.

Es gibt brave Kinder, und es gibt schlimme Kinder. Und dann gibt es meinen Neffen Ladi. Wenn er schlimm ist, ist er *sehr* schlimm – und wenn er brav ist? Brav ist er eigentlich nie. Er ist auch kein guter Schüler. Er kann nicht rechnen, er kann nicht zeichnen, er hat kein Talent für Sprachen. Das heißt, *eine* Sprache beherrscht er perfekt: die B-Sprache. Kennen Sie die B-Sprache? Nie davon gehört? Ich habe bereits einige Male an die Fernsehdirektion geschrieben, was uns fehlt, ist ein TV-Kurs: »Wie lerne ich B?« Keine Antwort. Gute Vorschläge werden nie berücksichtigt. Obwohl die B-Sprache sehr leicht ist, könnte ich Ihnen keine grammatikalischen Regeln sagen. Ich kann lediglich mit einigen Vokabeln aufwarten: Vater = Vabaterber, Mutter = Mubutterber, Kind = Kibind. Haben Sie es? Jetzt kennen Sie drei Wörter – mit den andern ist es genau dasselbe. Ein bißchen Training, und auch Sie können

Die B-Sprache

Ich saß hinter meinem Schreibtisch. Vor mir stand mein Neffe Ladi, 10.

»Was willst du?« fragte ich streng.

»Du hast einmal mit meinem Papa gesprochen ...«, begann er zögernd.

»Ich spreche oft mit deinem Papa«, sagte ich.

»Aber einmal hast du zu ihm gesagt, ihr wart auch einmal Kinder, du und er.«

Es mußte sich um etwas ganz Schlimmes handeln, wozu sonst die lange Einleitung.

»Und?« fragte ich, ohne die Strenge in meinem Ton im geringsten zu mildern.
»Ich möchte dich bitten, daß du wieder mit ihm sprichst und daß du ihm das wieder sagst.«
»Warum?« Was hatte er bloß wieder angestellt?
»Ich bin heute früh in die Schule gegangen und habe plötzlich alles in der B-Sprache gelesen.«
»Was heißt das?« fragte ich.
»Ich habe zum Beispiel ein Schild gesehen ›Installateur‹ und habe gelesen ›Ibinstaballabateurbeur‹.«
»Das ist doch kein Unglück.«
»Oder ich habe gesehen ›Türe zumachen‹ und habe gelesen ›Tübürebe zubumabacheben‹.«
»Schon gut«, sagte ich, bereits etwas nervös.
»Oder ich habe gesehen ›Rauchen verboten‹ und habe gelesen ›Raubaucheben verberboboteben‹.«
»Genug!« schrie ich, nahm aber sofort wieder meine onkelhafte Würde an. »Warum soll ich deshalb mit deinem Papa sprechen?«
»Weil ich nicht mehr aufhören konnte.« Er schluchzte. »In der Schule hat mich der Lehrer gefragt, was Goethe geschrieben hat. Wir sollen ihm ein paar Drabameben nebenneben.«
»*Was* sollt ihr ihm?«
»Ein paar Dramen nennen«, korrigierte Ladi rasch.
»Das habe ich doch mit dir durchgenommen. Faust, Tasso, Egmont . . .«
»Ich weiß. Ich habe aber gesagt Faubaust, Tabassobo, Egbemobont.«
»Das ist doch ein Blödsinn!«
»Das hat der Lehrer auch gesagt!« Er weinte. »Er hat gesagt, der Papa soll morgen zu ihm in die Schule kommen, aber ich kann ihm das nicht beibringen. Der Papa war gestern bei meinem Mathematiklehrer, vorgestern bei meinem Zeichenlehrer, vorvorgestern beim Direktor. Er hat gesagt,

er ist kein Kind, er kann nicht jeden Tag in die Schule gehen. Sprich *du* mit ihm! Bibittebe, Obonkebel!«

»Was?« fragte ich.

»Bitte, Onkel!« verbesserte er schnell und heulte verzweifelt: »Ich werd's nicht mehr los!«

»Nibicht weibeneben!« tröstete ich ihn. Er sah erstaunt auf. Ich hatte, als ich noch ein Kind war, selbst oft in der B-Sprache gesprochen, aber das hätte der Bengel nicht zu wissen brauchen. Zu dumm!

Meine Frau trat ein. »Ladi?« sagte sie überrascht. »Was machst *du* hier?«

»Ich soll wieder einmal mit seinem Papa reden«, erklärte ich ihr, »weil er in der Schule mit seinem Lehrer in der B-Sprache gebesprobocheben habat.«

»Wabas?« fragte meine Frau. Sie sprach auch die B-Sprache! Ladis Mienen hellten sich auf.

Im selben Moment traten seine Eltern ein.

»*Da* bist du?« schrie sein Vater wütend. »Seit einer Stunde warten wir mit dem Essen auf dich! Deine Mutter war schon ganz besorgt!«

»Reg dich nicht auf, Walter«, beruhigte ich ihn. »Er wollte bloß, daß ich mit dir rede. Daß ich dir sage, daß wir auch eibeinmabal Kibinderber wabareben.«

»Wobozubu?« fragte mein Schwager. Er auch! Ladi strahlte.

Ich setzte fort. »Er hat in der Schule mit seinem Lehrer in der Bebesprabachebe gebesprobocheben.«

»Naba wabartebe!« schrie mein Schwager und ging auf Ladi zu.

»Labaß ibihn!« warf sich die Mutter dazwischen. »Das hat er von mir!« Sie sah Ladi verklärt an. »Als ich noch zur Schule ging und mich die Lehrerin einmal fragte, ob ich einige Goethe-Dramen wisse, sagte ich: ›Faubaust, Tabassobo und Egbemobont‹!« Kichernd legte sie ihren Arm um ihren Sprößling und zog ihn an sich.

»Dasselbe hat Labadibi gebetaban«, sagte ich.
»Kobommt!« kommandierte mein Schwager. Versöhnt verließ die Familie unsere Wohnung.
»Gobottlobob!« freute sich meine Frau.

Es gibt Eltern, die sich von ihren Kindern beherrschen lassen. Wäre Ladi *mein* Sohn gewesen und ich hätte gehört, daß er mit seinem Lehrer in der B-Sprache gesprochen hat, ich hätte ihm zumindest gesagt: »Mibistfrabatz!«

Der Dichter schreibt für die Nachwelt, der Autor für das Finanzamt. Ich bin ein Autor. Eines Tages aber hatte ich es satt. Ich wollte ein Dichter sein. In dieser Schaffensperiode schrieb ich

Die Unentwegten

»Schluß!« sagte ich. Ich erhob mich vom Schreibtisch, stülpte den Deckel über die Schreibmaschine und ging nachdenklich im Zimmer auf und ab. Meine Tätigkeit gefiel mir nicht mehr. Was schreibe ich denn schon? Immer wieder dasselbe: Sketches, Chansons, Satiren, Hör- und Fernsehspiele — aus. Ich müßte einmal etwas Großes schaffen, etwas Bleibendes, etwas, das noch in hundert Jahren Gültigkeit hat. Aber was? Ein Opernlibretto? Wer macht die Musik dazu? Mozart, Verdi, Puccini sind tot. Ich stehe allein. Außerdem, wozu? Bei einer Oper wird ja doch nur der Komponist unsterblich. Oder wissen Sie auf Anhieb, von wem der Text der »Tosca« stammt? Na, sehen Sie. Also was? Ein Drama? Nein. Die Staatstheater hätten zwar noch in hundert Jahren die kulturelle Verpflichtung, mein Werk aufzuführen, aber das Publikum würde dabei genauso einschlafen, wie wir es heute bei »Käthchen von Heilbronn« tun. Ein Volksstück? *Das* ist es. Was Ludwig Anzengruber konnte, das kann ich auch. Rasch holte ich mir den ersten Band des Lexikons, von »A, erster Buchstabe des Alphabets« bis »Ezzelino da Romano, Markgraf von Verona«. Ich blätterte: Anzahlung, Anzeige, Anzeigenpflicht — Anzengruber. Da war er. Ich erfuhr, daß er ein volkstümlicher Schriftsteller des Naturalismus war und daß er eine realistische Darstellung der bäuerlichen Welt seiner Zeit bot. »Der Pfarrer von Kirchfeld« (1870), »Der Meineidbauer«, »Die Kreuzelschreiber« usw. Hm. Was könnte man über die *heutige* bäuerliche Welt schreiben? Der Traktor vom Thalerhof? Der Maseratibauer? Der Rubens im Hühnerstall? Ich setzte mich wieder an den Schreibtisch, ich nahm den Deckel von der Maschine, ich dachte nach. Gedankenverloren blickte ich auf die Ringe, die meinem rauchenden Gehirn entströmten. Was war es, das die Bauernstücke so stark machte? Da gab es meist den Altbauern und den Jungbauern. Der Altbauer wollte dem Jungbauern den Hof übergeben, der Jungbauer lehnte ab. Er wollte etwas Besseres werden als Altbauer. Außerdem wollte er heiraten, was ihm der Altbauer verbot. Ich dachte schärfer nach. Bauernstücke interessieren *heute* schon nicht mehr, wie wird das erst in hundert Jahren sein? Aber muß ich denn unbedingt ein Bauernstück schreiben? Mitnichten. Was ich finden muß, ist ein anderes Milieu, die Probleme können bleiben. Ich dachte noch schärfer nach. Ich kaute an meinen Fingernägeln, ich biß sechs davon ab, ich verbrauchte zweihundertsechsundzwanzig Bogen Papier und vier Farbbänder — plötzlich stieß ich einen Juchzer aus, daß unser Kanarienvogel vom Sprießel fiel. Ich hatte es gefunden, das Milieu. Das Stück, das mich unsterblich machen soll, wird in Gammlerkreisen spielen. Ich beschloß, mit dem Schluß zu beginnen. Der Schluß, der Vater-Sohn-Konflikt, das Generationsproblem, wird am schwersten zu schreiben sein. Wenn mir der Schluß gelingt, schreibt sich alles andere von selbst. Ich spannte den zweihundertsiebenundzwanzigsten Bogen in die Maschine und begann:

DIE UNENTWEGTEN

Volksstück in fünf Akten

(Schluß)

Personen:
Vater
Mutter
Sohn

(Die Bühne zeigt ein notdürftig adaptiertes Kellerloch mit dazupassendem Mobiliar. Auf einem wackeligen Tisch steht ein alter Plattenspieler. Schallplatten und Illustrierte liegen überall herum. Der VATER, ungefähr 60, sitzt auf einem alten Stuhl, hält einen kleinen Transistorradioapparat an sein Ohr und nickt im Rhythmus mit dem Kopf. Die MUTTER, etwa 40, sitzt rittlings auf einem zweiten Stuhl und liest in einer Illustrierten. Vater und Mutter tragen alte, schäbige Hippiekleidung, Vater hat außerdem langes Haar und einen Bart. Der SOHN, gepflegt und gut angezogen, geht unruhig auf und ab. Etwas bewegt ihn.)

Sohn: Vater ...

Vater: Laß mich, du siehst, ich bin beschäftigt.

Sohn: Ich muß mit dir reden, Vater. Ich halte es nicht mehr aus.

Vater (horcht auf, stellt das Radio ab): Was hältst du nicht mehr aus?

Sohn: Dieses Leben.

Vater (traut seinen Ohren nicht): Dieses Leben? Tag und Nacht hab ich demonstriert, um dir ein Dasein ohne Autorität und Tabus zu schaffen, und das hältst du nicht mehr aus? Was hast du denn schon zu tun? Grad nur Schatten zu werfen, wenn die Sonne scheint, sonst nichts.

Sohn: Das ist es ja, was mich wahnsinnig macht. Dieses ewige Nichtstun. Mich fasziniert die Arbeit.

Vater: Mich auch. Ich könnt stundenlang zuschauen, wenn andere roboten.

Sohn: Du verstehst mich nicht, Vater. Ich möcht ... aber reg dich nicht auf ... ich möcht selber arbeiten.

Vater (schaut ihn starr an, dann zur Frau): Hast du das gehört, Sunny?

Mutter (uninteressiert weiterlesend): Ich weiß es schon lang.

Vater: Und da sagst du mir nix?

Mutter: I hab mir denkt, du wirst schon allein draufkommen.

Vater (erregt): Draufkommen? Wie soll ich denn draufkommen, wenn ich den ganzen Tag Radio hör! Ich komm ja nicht einmal mehr zum Plattenspielen!

Mutter (gleichmütig): Andere Männer haben auch zu tun und kümmern sich doch um ihre Kinder.

Vater: Andere Männer! Wenn ich das nur schon hör! Hab ich dazu mein ganzes Leben lang gegen die Gesellschaft demonstriert, damit ich mir jetzt ihre Phrasen anhören muß? Grad so gut könnt ich sagen: andere Frauen!

Mutter (liest ruhig weiter): Ich bin ja nicht deine Frau, sondern deine Freundin.

Vater: Leider! Wenn ich an die Lustgeschöpfe in unserer Kommune denk! Sexy — aber vornehm. Und du? Mit dir kann man ja nicht verkehren.

Mutter (ungerührt): Andere behaupten das Gegenteil.

Sohn: Streitet doch nicht immer.

Vater: Du sei still! Du bist ja schuld daran, weil du dir ohne Arbeit keine Beschäftigung weißt. Wie oft hab ich dich gebeten, geh gammeln oder mach bei einer brisanten Sexgruppe mit.

Sohn (lächelt mitleidig): Gammeln, Sexgruppe . . . du wirst doch nicht glauben, daß das der heutigen Jugend noch etwas bedeutet?

Vater (schlägt sich an die Brust): Das sagst du *mir? Mir?* Wo du weißt, daß ich einer der glühendsten Vorkämpfer des Gruppensex war? Ich hab mein Lebtag meine Hände mit keiner Arbeit beschmutzt, und jetzt willst *du* arbeiten? Mein eignes Fleisch und Blut? O Gott, womit hab ich das verdient?!

Sohn: Vater . . . ich bin nicht geboren zum Gammeln . . .

Vater: Wie oft hast du's denn schon probiert? Einmal! Zum Nichtstun gehört ein Wille, aber der fehlt dir ja!

Mutter: Reg dich nicht auf wegen einer solchen Lappalie.

Vater: Lappalie? Das ist Verrat am Elternhaus! Wozu hab ich ihm vorgelebt, daß das Sichnichteinspannenlassen in einen permanenten Arbeitsprozeß die einzig mögliche Daseinsform ist, in der sich der Mensch seine Individualität bewahren kann?

Mutter: Er ist halt verliebt und — —

Vater (starr, unterbricht sie): Verliebt? Was hör ich da? *(streng):* Wer ist sie?

Mutter: Die Elfi vom dritten Stock.

Vater: Ich verbiete dir den Umgang mit dieser Person!

Sohn: Das kannst du nicht! In meinem Alter warst du auch schon verliebt!

Vater: Aber nicht in so ein arbeitsames Flittchen wie du!

Sohn (außer sich): Sag das nicht, Vater!

Vater: Glaubst, ich fürcht mich? Ein Mensch, dem der Dutschke die Hand gedrückt hat? Probier's! Geh arbeiten! Du wirst schon sehn, wie das ist.

Sohn (triumphierend): Damit du's weißt, Vater! Ich hab's schon probiert! Ich hab schon gearbeitet!

Vater (wie vom Schlag gerührt): Du hast schon? *(dramatisch):* O Gott, die Schand!

Mutter (besorgt): Nimm dei Spritzen, Vater! Ein Trip, und es ist alles wieder gut!

Vater (wehrt kraftlos ab): Ich kann nicht ... *(zum Sohn):* Wie stellst du dir denn dein weiteres Leben vor?

Sohn: Heiraten werd ich das Mädel. Ich will eine Frau, die nur mir gehört.

Vater (geht mit geballten Fäusten auf den Sohn los): Sexmonopolist!

Mutter (schreit auf): Nimm die Spritzen, Vater!

Sohn: Ich werde eine Wohnung haben — mit Badezimmer!

Vater (wie von einem Hammer getroffen): Das auch noch!

(er richtet sich auf, groß): Wir haben den Schmutz zu einem Statussymbol erhoben! Aber du waschst dich ja, als ob wir in einer heilen Welt leben würden! *(tragisch):* Daß da das Ich dabei flötengeht, das macht dir nichts aus. Wir haben den Protest auf unsere Fahne geschrieben — und dabei bleibt's!

Sohn (verächtlich): Establishment!

Vater (schreit): Hinaus aus meinem Keller, du ungeratenes Kind! Und laß dich nie wieder blicken!

Sohn (ebenfalls aufschreiend): Vater!

Mutter: Sei nicht so hart zu dem Buben!

Vater (abgewendet, fast tonlos, zum Sohn): Geh ... geh in die ausgetretene Gosse deiner Großväter ...

Sohn (zögert, reißt sich dann los): Gut ... ich geh! Lebt wohl! *(schnell ab)*

Mutter (ruft ihm nach): Francis! ... Franzl!!! ... *(fassungslos):* Er ist fort ...

Vater (gebrochen): Man hat keinen Dank von den Kindern ... Wenn wir vor zwanzig Jahren das Geld für die Pille gehabt hätten, wär uns das *nicht* passiert ...

VORHANG

Mein Volksstück war ein großer Erfolg. Leider hat es der Trottel von einem Direktor nur dann angesetzt, wenn das Theater halbleer war.

Wir leben in einer unruhigen Zeit. Terroristen setzen die Welt in Schrecken. Sprengstoffattentate stehen auf der Tagesordnung. Die Massenmedien melden Entführungen. Verbrecher erpressen Lösegeld. Kein Land bleibt davon verschont. Und eines Tages erfuhr ich es:

Terrorismus auch bei uns

Heute, mit der Morgenpost, flatterte ein Brief auf meinen Schreibtisch. Ich las ihn und erbebte: »Sie haben bis zum 20. d. M. fünfzigtausend Schilling zu bezahlen«, hieß es da, »oder . . .«

Der Rest verschwamm mir vor den Augen.

Bis zum zwanzigsten, und heute war der fünfzehnte. Wo sollte ich in fünf Tagen fünfzigtausend Schilling hernehmen? Es ist kein Vermögen, aber man hat doch sein Geld nicht flüssig. Sollte ich überhaupt bezahlen? Sollte ich nicht erst versuchen, den Erpressern etwas abzuhandeln? Vor allem — sollte ich es meiner Frau erzählen? Ich beschloß zu warten. Warum sollte ich die Ärmste auch noch aufregen. Genug, wenn ich — —

Das Telefon schrillte. Ich schrak zusammen. Das waren sie. Es hatte aber keinen Sinn, Vogel-Strauß-Politik zu betreiben. Ich faßte mich, ging zu dem Apparat und hob den Hörer ab.

»Ja?« sagte ich mit schwacher Stimme.

»Wer spricht?« fragte jemand am andern Ende.

»Hugo Wiener«, stammelte ich.
»Haben Sie das Schreiben bekommen?«
»Ja.«
»Sie bezahlen natürlich.«
»Ja ... das heißt, nein ... ich meine, könnte man den Betrag nicht ein bißchen ermäßigen? Sie müssen wissen, ich verdiene, aber ich bin kein reicher Mann ...«
»Das sagen alle. Sie müssen die Summe erlegen, hören Sie?«
»Haben Sie Erbarmen!«
»Verdammt noch mal!« fluchte der andere. »Es hängt nicht von mir ab.«
»Dann reden Sie doch mit Ihren Leuten. Ich bin ja gewillt zu zahlen, aber nicht so viel ...«
»Legen Sie den Hörer auf, ich werde sehen, was ich tun kann. Bleiben Sie aber in der nächsten halben Stunde zu Hause, es könnte sonst schreckliche Folgen für Sie haben.«
Er legte den Hörer auf. Eine halbe Stunde! Eine halbe Stunde, die mir scheinen wird wie eine Ewigkeit.
Meine Frau kam ins Zimmer. »Was hast du?« fragte sie besorgt. »Du bist ganz blaß ...«
»Nichts«, sagte ich schnell. Ich hatte beschlossen, die Angelegenheit allein auszutragen. »Ich bin ein bißchen überarbeitet ...«
»Na gut«, meinte sie. »Wenn du mich brauchst, ich bin bei Mela.«
Mela ist die Frau meines Anwalts, Dr. Robinson. »Sie hat mich angerufen und hat mich gebeten, zu ihr zu kommen. Robinson hat einen Brief bekommen und ist seither ganz verstört. Leb wohl!« Sie ging.
Also auch er. Auch Robinson. Und wahrscheinlich auch Wronsky, Pfandl und Joschi. Mein ganzer Bekanntenkreis. Ich fühlte das Ohnmächtige meiner Lage. Wenn Robinson, der gefinkelte Jurist, seit Erhalt des Briefes verstört ist, was konnte dann *ich* tun? Nichts. Ich sah auf die Uhr.

Der Zeiger bewegte sich so langsam wie noch nie. Noch achtundzwanzig Minuten. Was wird man mir sagen? Wird man überhaupt noch einmal anrufen? Noch zwanzig Minuten, noch zehn, noch fünf, noch zwei, noch eine.
Das Telefon. Ich hob ab.
»Ja?« sagte ich wieder.
»Hören Sie«, meldete sich der Anrufer von vorhin. »Ich habe mit den Leuten gesprochen. Sie sind unnachgiebig. Sie haben die fünfzigtausend Schilling zu bezahlen, oder ...«
»Oder?« fragte ich zitternd.
»Es wird Sie noch mehr kosten.«
»Gut«, sagte ich kaum hörbar. »Ich will es tun.« Ich legte den Hörer auf. »Erpresserbande ...«, murmelte ich vor mich hin, setzte mich an den Schreibtisch und füllte einen Erlagschein auf fünfzigtausend Schilling aus. Der Mann, mit dem ich telefoniert hatte, war mein Steuerberater — die fünfzigtausend Schilling gingen an das Finanzamt.

Ich bearbeite jetzt den »Faust« von Goethe. Im ersten Akt verkauft Faust dem Teufel seine Seele — in den übrigen Akten muß er dem Finanzamt beweisen, daß er nichts daran verdient hat.

Der einfache Weg zum Erfolg ist schmal. Und doch gibt es kein großes Gedränge, weil jeder den komplizierten sucht. Davon ist auf den nächsten Seiten zu lesen, betitelt:

Der Barsoi

Gestern traf ich Felsenburg. »Graf« Felsenburg. Er stammt, wie man sich zuraunt, von Friedrich I., Barbarossa, ab. Auf einem Kreuzzug, den der Kaiser in das Gelobte Land unternahm, soll er eine Nacht auf einer gewissen Felsenburg gelegen sein.

Ich traf den Grafen rein zufällig. Ebenso zufällig, wie ich ihn im vergangenen Sommer in Badgastein kennengelernt hatte. Es war auf der Promenade. Der Graf besaß einen herrlichen russischen Windhund, einen echten Barsoi. Ich saß auf einer Bank, der Graf setzte sich zu mir, wir kamen ins Gespräch, über Hunde im allgemeinen und Barsois im besonderen.

»Was macht Ihr Barsoi?« fragte ich ihn daher gestern sofort.

Der Graf seufzte. Seine Miene verdüsterte sich. »Leider«, sagte er, »der Barsoi lebt nicht mehr. Im Oktober war ich mit ihm in New York, ging in ein chinesisches Restaurant speisen, bat, auch meinem Hund etwas hinzustellen, er nahm einen Bissen — und war tot.«

Ich überlegte. Politischer Mord? Es handelte sich immerhin um einen russischen Windhund und ein chinesisches Restaurant. Oder Selbstmord? Aus Kränkung, weil man es wagte, ihn, den russischen Windhund, in ein chinesisches Restaurant zu führen? Oder ein Spionagedrama? Meine vom Fernsehen gedrillten kriminalistischen Instinkte begannen zu arbeiten. War der Barsoi ein russischer Agent gewesen, und der Koch, ein chinesischer Agent, hatte ihn vergiftet?

»Meine kleine Valerie, meine Tochter«, setzte der Graf fort, »kränkt sich selbstverständlich sehr wegen des Todes von Nikoluschka Rajewskij Kirillowitsch.« Nikoluschka Rajewskij Kirillowitsch war der Name des Hundes gewesen, und das Erstaunliche an der Sache — der Hund hatte das gewußt. Lag er zum Beispiel auf dem Bett und der Graf rief aus dem Nebenzimmer: »Komm sofort her, Nikoluschka Rajewskij Kirillowitsch!«, spielte sich folgendes ab: Bei »Komm sofort hierher, Nikoluschka!«, hob der Barsoi den Kopf, bei »Rajewskij« wedelte er mit dem Schwanz, und bei »Kirillowitsch« beschloß er, auf dem Bett liegenzubleiben.

»Ich wollte Valerie natürlich sofort einen andern Barsoi kaufen«, erzählte der Graf weiter, »aber im Augenblick ist keiner zu bekommen.«

»Ich kenne einen Tierhändler«, begann ich, aber der Graf unterbrach mich lachend. »Tierhändler!« sagte er. »Ich war bei sämtlichen Tierhändlern Österreichs — es ist hoffnungslos. Noch dazu, wo ich den Barsoi bis Weihnachten haben möchte, also in vierzehn Tagen. Mir könnte nur ein Mensch helfen, der einen Privatmann weiß, der einen Barsoi abgeben will, und der bereit wäre, ihn mir zu verschaffen. Aber wo finde ich einen solchen? Kennen *Sie* einen?«

Ich kannte einen: Tritschler. Tritschler verschaffte alles — vom Kugelschreiber bis zum sechzehnstöckigen Bürohaus. Ich vereinbarte mit dem Grafen ein Rendezvous, nächsten Donnerstag, Café Imperial — Tritschler würde dazukommen.

Als ich eintrat, war der Graf bereits anwesend, Tritschler kam einige Minuten später. Ich machte die beiden miteinander bekannt.
»Womit kann ich also dienen?« fragte Tritschler.
»Ich suche einen Barsoi«, sagte der Graf.
Tritschler rieb sich nachdenklich das Kinn. »Einen Barsoi ...«, meinte er. »Wird nicht so leicht zu bekommen sein.«
»Deshalb haben wir ja *Sie* eingeschaltet«, warf ich ein. »Es ist doch bekannt, daß Sie *alles* verschaffen können.«
Tritschler lächelte geschmeichelt. »Das ist sehr angenehm zu hören«, meinte er. »Aber einen Barsoi? Um diese Jahreszeit?«
»Was hat denn die Jahreszeit damit zu tun?« erkundigte sich der Graf interessiert.
»Im Winter ist es weit schwieriger, einen Barsoi zu bekommen als im Sommer«, sagte Tritschler, Experte für alles. »Herr Graf können natürlich einen haben, aber es wird etwas teurer sein.«
»Geld spielt keine Rolle«, versicherte der Graf.
»Ja, dann ...«, sagte Tritschler, »dann ist es etwas anderes.«
»Fein!« freute sich der Graf. »Aber jetzt werde ich unverschämt. Ich habe zwei Kinder, eine Tochter und einen Sohn. Die beiden haben immer gestritten, welcher von ihnen mit dem Barsoi spielen darf. Ich weiß, es ist eine Zumutung, aber — könnten Sie mir vielleicht zwei Barsois verschaffen?«
»Zwei Barsois«, meinte Tritschler überlegend. »Das muß ich erst sehen ... das heißt — ja, Herr Graf, ich kann es Ihnen versprechen. Sie bekommen zwei Barsois. Bis wann brauchen Sie sie?«
Der Graf wagte es nicht, den Termin zu nennen. »Bis Weihnachten«, sagte ich.
Tritschler erschrak. »Bis Weihnachten?« rief er so laut,

daß sich die Leute am Nebentisch nach uns umdrehten.
»Zwei Barsois bis Weihnachten?« wiederholte er. »Das ist doch in zehn Tagen . . .«
»In neun«, sagte der Graf schüchtern.
Ich griff ein. »Blamieren Sie mich nicht, Tritschler«, sagte ich. »Ich habe Wunderdinge von Ihnen erzählt, und jetzt können Sie nicht einmal zwei Barsois verschaffen?«
»In neun Tagen«, gab Tritschler, ein bißchen verzweifelt, zu bedenken.
»Eben«, ermunterte ich ihn. »Sie haben neun Tage Zeit.«
»Also gut!« sagte Tritschler. Er wandte sich an den Grafen. »In neun Tagen haben Sie Ihre Barsois.«
Der Graf war außer sich vor Glück. »Ich danke Ihnen!« Er drückte Tritschler die Hand. »Auch Ihnen!« sagte er zu mir. »Ich muß leider gehen. Darf ich die Herren als meine Gäste betrachten?« Er bezahlte die Zeche. »Wann werde ich von Ihnen hören?« fragte er Tritschler.
»Wann soll ich die Barsois abliefern?«
»Sagen wir — am dreiundzwanzigsten.«
»Das sind zwar nur acht Tage — aber das tut nichts. Am dreiundzwanzigsten bringe ich Ihnen beide Barsois hierher.«
Der Graf ging. Tritschler sah mich an. »Jetzt müssen Sie mir nur noch *eines* sagen«, meinte er. »Was ist ein Barsoi?«

Am 23. Dezember bekam der Graf die beiden Windhunde. Der einfache Weg zum Erfolg (siehe Beginn) ist schmal. Tritschler war ihn gegangen. Er hatte ein Inserat in die Zeitung gegeben: »Barsois gesucht.«

Das Fernsehen ist eine Krankheit, gegen die noch kein Medikament gefunden wurde. Zum Unterschied von anderen Seuchen wird auch nach keinem gesucht. Es gibt bloß ein prophylaktisches Mittel: man drehe den Apparat nicht auf. Aber wer bringt das schon fertig?

Das Narbengesicht

Vor einigen Tagen riefen Pinagls an. Sie hätten drei Karten für die Oper und würden liebend gern meine Frau mitnehmen. Leider werden sie von den Karten keinen Gebrauch machen können, da sie keinen Babysitter haben. Mit andern Worten: Komm zu uns als Babysitter, und wir nehmen deine Frau in die Oper mit. Also ging ich hin. Als ich ankam, erwarteten mich Pinagls bereits an der Tür. Beide zum Weggehen angezogen — er mit Mantel und Hut, sie mit Nerzstola und Perücke.

»Spät kommst du!« fauchte Pinagl mich an. »Wir werden die Ouvertüre versäumen.« Seine Frau lenkte rasch ein. »Hören Sie nicht auf ihn«, sagte sie zu mir, »wir sind ja so dankbar, daß Sie überhaupt gekommen sind. Sie werden sehen, die Kinder sind reizend. Und was die Ouvertüre anbelangt«, wandte sie sich zischend ihrem Gatten zu, »hast du sie erst gestern im Radio gehört.« Sie gingen — ich war mit den Kindern allein.

Ich kannte sie beide: Susi und Pauli. Leider fehlt mir, ich muß es gestehen, jedes Talent, mit Kindern umzugehen.

Ich setzte mich in einen Schaukelstuhl. »Was werden wir anfangen?« fragte ich übertrieben onkelhaft. »Wollt ihr etwas spielen oder soll ich euch ein Märchen erzählen?« Die beiden sahen einander an. Der Onkel muß verrückt geworden sein.
»Ein Märchen?« fragte Susi erstaunt.
»Heute ist doch im Fernsehen ›Das Narbengesicht‹, zweiter Teil!« sagte Pauli.
»Das ist kein Programm für euch!« meinte ich streng. Beide begannen zu heulen.
»Ich hab mich schon so drauf gefreut«, weinte Susi, und Pauli rief: »Wir durften doch auch den ersten Teil sehen! Wir wollen wissen, wie es weitergeht! Am Schluß hat das Narbengesicht den Briefträger k. o. geschlagen. So!« Er versetzte mir mit seinem zarten Kinderfäustchen einen Hieb unter das Kinn, daß ich mit dem Schaukelstuhl nach hinten fiel und mir an der Kommode den Kopf anschlug. Vor Schmerz schloß ich die Augen, rappelte mich auf und fuhr mit der Stirn gegen die Wanduhr, die zwölf Schläge von sich gab, obwohl es erst sieben war. Im Nu war die gute Stimmung wiederhergestellt. Ein reizendes Kinderlachen ertönte, so süß, daß ich am liebsten jedem der beiden Fratzen eine Ohrfeige gegeben hätte.
»Mach das noch einmal!« bat Pauli.
»Nein!« sagte Susi. »Ich möchte das ›Narbengesicht‹ sehen! Bitte, Onkel!«
»Also gut!« Ich gab nach und dachte: So habe ich am ehesten Ruhe vor euch. Ich nahm eine Zeitung vom Tisch, setzte mich wieder in meinen Schaukelstuhl, lehnte mich zurück und begann zu lesen.
Pauli schaltete den Apparat ein. Die Sendung hatte bereits begonnen. Eine Musik ertönte, so düster und unheimlich, daß es mir unwillkürlich kalt über den Rücken lief. Ich las: Kissinger bei Sadat.
»Das ist der, der den Zahnarzt umgebracht hat!« sagte

Pauli. Wer? Kissinger? Sadat? Ach so, er meinte den Mann im Fernsehen. Ich warf einen Blick auf den Bildschirm und erschauerte. Ein großer Kopf mit einer Maske vor dem Gesicht blickte mir entgegen.
»Du hast mich verstanden?« fragte der Kopf.
Ein zweiter Mann wurde sichtbar. Er trug *keine* Maske, aber er sah auch so greulich genug aus. Man liest oft: Er hatte das Gesicht eines Galgenvogels. Ich habe noch nie einen Galgenvogel gesehen, aber ungefähr so mußte er aussehen. »Sure!« lachte er. »Der Alte wird umgelegt!«
Ich vertiefte mich wieder in meine Zeitung. Kissinger bei Sadat, las ich.
»Wen meint er mit dem Alten?« hörte ich Susi fragen.
»Das weißt du doch«, sagte Pauli. »Den Alten, der immer Zeitung liest.«
Schnell legte ich die Zeitung weg. Ich zitterte.
»Siehst du die Pistole, die durch das Fenster kommt?« fragte Susi.
Bebend blickte ich nach allen vier Fenstern. Gott sei Dank, keine Pistole.
»Jetzt!« sagte Pauli. Ein Schuß ertönte. Das Geschoß zerschmetterte dem Alten das Gehirn. Das Blut lief in Strömen herunter. Es sah aus, wie wenn meine Frau Tomatensauce über gefüllte Paprika gießt. Tomatensauce! Meine Lieblingsspeise! Ich werde sie nie wieder essen können.
Der Galgenvogel sprang durch das Fenster. Hohnlachend trat er mit dem Stiefelabsatz in das zerschmetterte Gehirn des Alten. Ich hielt mir die Hand vor die Augen. Auch Hirn werde ich nicht mehr essen können. Die Kinder johlten vor Vergnügen.
Der schrille Angstschrei einer Frauenstimme ertönte. Ich preßte meine Hände auf das Herz.
»Was war *das?«* fragte Susi.
»Das Mädchen, das im ersten Teil verrückt geworden ist, weil es das Narbengesicht gesehen hat«, erklärte Pauli.

»Jetzt muß es sterben. Jeder, der das Narbengesicht gesehen hat, muß sterben.«
Ich schloß die Augen. Ich wollte das Narbengesicht nicht sehen.
»Da ist sie schon!« sagte Susi gebannt. »Und da ist noch eine! Wer ist denn die?«
»Das ist die Stripteasetänzerin, die die Gangster gefangengenommen haben. Das Narbengesicht hat sie entführt.«
Die Versuchung war zu groß. Die Stripteasetänzerin wollte ich sehen. Ich öffnete die Augen. Ich bereute es nicht, sie war eine Schönheit.
»Wer bist du?« fragte sie angstvoll. »Was willst du von mir?«
Ich hätte es ihr sagen können.
Der Verbrecher lachte auf. »Willst du mein Gesicht sehen?« fragte er lauernd. »Da!« Er riß die Maske vom Gesicht. Ich blickte in einen von Säure zerfressenen Klumpen Fleisch mit zwei Augen.
»Ha!« schrie ich gleichzeitig mit der Stripteasetänzerin.
»Was hast du, Onkel?« fragte Susi. »Das ist doch lustig.«
Ich konnte nicht lachen. Das Narbengesicht hatte inzwischen seinen Revolver gezogen und auf die Tänzerin gerichtet. Dazu machte es eine Fratze, daß ich meine Hand in den Mund steckte und fest hineinbiß, um nicht laut aufzuschreien.
»Hahaha!« lachte das Narbengesicht. Ein Schuß — die Tänzerin machte ihren letzten Sprung und war tot. Die Kinder applaudierten vor Freude, während mir der kalte Schweiß auf die Stirne trat.
»Nun kommen die andern dran!« versprach das Narbengesicht. »Alle! Auch du, du und du!«
»Jetzt hat er auf *dich* gezeigt, Onkel!« freute sich Susi.
Ich bekam einen Schüttelfrost.
»Vielleicht bin ich schon in deinem Haus!« sprach das Narbengesicht mit einem grauenerregenden Unterton.

»Vielleicht steige ich eben die Treppe hinauf!« Ich hörte schwere Schritte die Treppe heraufkommen. »Vielleicht betrete ich eben dein Zimmer!« Die Tür hinter mir öffnete sich mit leisem Geknarre. »Vielleicht stehe ich bereits hinter dir, um dich zu erwürgen!« Ich fühlte, daß eine Gestalt hinter mich trat. Ich wagte nicht, mich umzudrehen.
»Aufhören!« schrie ich. »Aufhören!« Dann brach ich zusammen. »Was hast du denn, Onkel?« hörte ich die Kinder fragen. Ich öffnete noch einmal die Augen. Die Gestalt, die hinter mir stand, war Pinagl. Er hatte die Opernkarten zu Hause vergessen.
Der Arzt, der noch in der Nacht gerufen wurde, stellte einen leichten Nervenschock fest. Am andern Morgen war ich wieder okay.
»Ich möchte dir etwas vorschlagen«, sagte ich beim Frühstück zu meiner Frau, nachdem ich die Zeitung gelesen hatte. »Wollen wir uns nicht am Freitag das neue Restaurant anschauen?« Meine Frau sah mich erstaunt an. »Du meinst das ›Regent‹? Du hast doch gehört, daß man dort so geneppt wird?«
»Wenn schon«, antwortete ich und versuchte, meinen Worten einen leichtsinnigen Unterton zu geben. »Ich möchte einmal wieder mit dir allein in einem guten Lokal sitzen, bei einem guten Essen, einer guten Flasche Wein ...«
»Wenn du willst?« sagte meine Frau erfreut. Sie wollte schon seit einiger Zeit das »Regent« kennenlernen. »Aber warum grad Freitag?«

Die Gute hatte keine Ahnung, weil sie keine Zeitung liest. Am Freitag gibt es im Fernsehen »Das Narbengesicht, 3. Teil«.

Fast jeder Mensch hat ein Hobby, das sein Leben ausfüllt. Der eine sammelt Briefmarken, der zweite züchtet Rosen, der dritte bastelt Sprengkörper. Falls letzterer noch ein zweites Hobby besitzt, z. B. Banküberfälle, ist sein Leben als ein besonders ausgefülltes zu betrachten.
Onkel Alfreds Hobby ist die Mathematik. Onkel Alfred rechnet und rechnet, in seiner Wohnung liegen mit Zahlen beschriebene Zettel verstreut, er entwarf ein todsicheres System für Roulettespieler, probierte es aus und mußte sein Haus verkaufen – aber er gab nicht auf. Im Gegenteil, er wurde kühner und kühner. Und er begann an einem Projekt zu arbeiten, das die Menschheit glücklich machen sollte.

Jeder sein eigener Millionär

Für die Familie war Onkel Alfred ein harmloser, armer Narr. Zahlen faszinierten ihn, wenn er ein Buch bekam, las er nur die Ziffern der Seiten, von »Krieg und Frieden« addierte er die ersten fünfzehn Kapitel, zog neun davon ab und dividierte die Summe durch vier; er tat keinem Menschen etwas zuleide, also ließ man ihm diese kleine Schrulle.
Eines Tages gaben wir eine Party, zu der, rein zufällig und uneingeladen, auch Onkel Alfred erschien. Er warf einen kurzen Blick auf die Gäste und flüsterte mir zu: »Es sind zweiundzwanzig.« — »Wie hast du das so schnell festgestellt?« fragte ich. Drauf er: »Ich habe die Finger gezählt und durch zehn geteilt.«

Zu unseren Gästen gehörte ein Staatssekretär. Ich weiß nicht, wie es geschehen konnte, plötzlich saß er mit Onkel Alfred in einer Ecke. Onkel Alfred eifrig rechnend, der Staatssekretär uninteressiert zuhörend. Verzweifelt suchte ich ihm, mit dem Finger auf die Stirn klopfend, klarzumachen, daß Onkel Alfred einen Klaps habe. Der Staatssekretär nickte. Er war bereits dahintergekommen.
Drei Monate waren vergangen. Wir lebten in einem Wohlfahrtsstaat, dessen Regierung plötzlich den sonderbaren Beschluß faßte, dem Kampf gegen die Armut die absolute Priorität einzuräumen. Aber wie? Der Finanzminister brauchte Geld für die andern absoluten Prioritäten, an eine Steuererhöhung war nicht mehr zu denken, man stand vor den Wahlen, es mußte etwas geschehen, um den Staatsbürger zu befriedigen. Denn, wie in der Bibel, hub das Volk bereits an zu murren. Da fiel dem Staatssekretär das Gespräch ein, das er auf unserer Party mit Onkel Alfred geführt hatte. Man holte Onkel Alfred vor den Ministerrat, Onkel Alfred entwickelte seinen Plan — die Regierung war begeistert. Worin bestand dieser Plan? Onkel Alfred schlug vor, die Zahlungen an die bisherigen Prioritäten einzustellen und die dafür festgesetzten Riesensummen dem einfachen Staatsbürger zukommen zu lassen. Mit diesen Summen könne sich der Staatsbürger chancengleich bilden soviel er wolle, er könne die Kunst produzieren, die ihm gefalle, und könne die Straßen bauen, die er wünsche. Der Ministerrat jubelte. Onkel Alfred wurde zum Minister für Ideen ernannt — ein Ressort, das es bisher nicht gegeben hatte —, der Bundespräsident hängte ihm einen Orden um den Hals, der Kanzler heftete ihm einen Stern an die Brust, die Illustrierten warfen sein Bild auf die Titelseiten, die Massenmedien seine Gedanken ins Volk, das Volk war begeistert, man holte Experten, ließ sich ausrechnen, wieviel Geld auf den einzelnen entfallen würde, die Computer arbeiteten, man kam auf die

1000
1000
100
1000
100
100
1000

Zahl siebenhunderttausend, worauf die Opposition verlangte, daß es mindestens eine Million sein müsse, das Parlament verabschiedete einstimmig ein diesbezügliches Gesetz — einstimmig deshalb, weil durch den Vorschlag der Opposition auch jeder Abgeordnete um dreihunderttausend mehr zu bekommen hatte —, man engagierte den Werbechef einer Waschmittelfirma, um einen schlagkräftigen Slogan zu finden, der Werbechef machte drei Angebote: 1. »Reich und glücklich!«, 2. »Ein wunschloses Volk!« und 3. »Jeder sein eigener Millionär!« Die Regierung entschied sich für Angebot drei. (Ein viertes »Wir zwingen die Armut raus und den Reichtum rein!« wurde von vornherein ausgeklammert.) Bald prangte der Slogan auf allen Plakatwänden, Onkel Alfred erschien auf den Bildschirmen der Nation, er sprach im Hörfunk und bekam den Nobelpreis. Überall in der Welt griffen sich die Politiker an den Kopf. Warum hatten *sie* nicht diese Idee gehabt!

Natürlich fehlte es nicht an warnenden Stimmen, die einen totalen Zusammenbruch der Wirtschaft und ein furchtbares Chaos voraussagten. Aber wer hörte schon auf sie? Niemand. Im Gegenteil. Die schönste Straße der Stadt wurde in »Alfredstraße« umbenannt, zahlreiche Universitäten des In- und Auslandes machten Onkel Alfred zum Ehrendoktor, und tausende Neugeborene wurden auf den Namen »Alfred« getauft.

Mit einem Monatsersten trat das Auszahlungsgesetz in Kraft. Alle verfügbaren Geldboten begannen mit Riesentaschen zu laufen, um das Geld unters Volk zu bringen. Da fing aber auch schon das Chaos an. Niemand ging mehr zur Arbeit, alle standen an den Türen und warteten auf die Geldboten. Natürlich konnten nicht alle an *einem* Tag bedacht werden, es ging nach dem Alphabet. Die Aberls, Anderls und Anditscheks waren bereits Millionäre, während die Grögels, Gröschls und Grünbergers noch mindestens vierzehn Tage warten mußten. Die aufgebrachte zweite Hälfte des Alphabets stürmte das Sozialministerium, protestierte gegen eine solche Diskriminierung und verlangte das Transparentmachen des Auszahlungsvorganges. Der Minister versprach, die Geldboten durch das Bundesheer verstärken zu lassen. Nach Ablauf von drei Wochen waren auch von den Haabes bis zu den Yppens alle zufriedengestellt, und nur die Unglücklichen, deren Namen mit »Z« begannen, waren noch mittellos. Die Zahs, Ziehs und Zys überfielen und beraubten die Geldboten, und es fand sich kein Polizist, der die Täter verfolgt hätte. Es gab nur drei Z-Polizisten — Zagerl, Ziegerl und Zungenschlag —, und die hüteten sich einzugreifen.

Endlich hatte jeder seinen Anteil bekommen — die letzten, die man bedacht hatte, waren die Geldboten gewesen —, und nun begannen sich die ersten Härtefälle abzuzeichnen. So war unser Hausbesorger, der eine Frau und neun Kinder hatte, plötzlich elffacher Millionär geworden, während unser Nachbar, ein unverheirateter Wissenschaftler, mit einer Million sein Auskommen finden mußte.

Nun wollte man sein Geld genießen — aber wie? Fernsehen und Funk gab es nicht mehr. Schauspieler, Regisseure, Musiker, Kameraleute — alle waren ein- oder mehrfache Millionäre. Wozu arbeiten? Dasselbe war bei Bühne und Film der Fall. Wollte man sich ein vornehmes Restaurant leisten — wer sollte kochen, wer servieren? Die reichsten Menschen rannten mit abgetragenen Kleidern herum, und bei den Damen wurde der »Fetzenlook« modern. Denn wo gab es noch einen Schneider oder eine Schneiderin? Am Abend saß man im finstern Zimmer, weil weder die Elektrizitäts- noch die Gaswerke arbeiteten. Glücklich war der, der noch aus besseren Tagen eine Kerze besaß. Jawohl, man sprach bereits von den »besseren Tagen«, von der »Zeit, als wir noch arm waren«. Der

Verkehr stand still, in den Schulen wurde nicht mehr unterrichtet, in den Spitälern nicht mehr behandelt. Die Politiker rauften sich die Haare. Auf einmal wollte jeder zu den Warnern gehört haben. Man appellierte an die Vernunft des Volkes, die Arbeit wiederaufzunehmen, und als das nichts half, an die Unvernunft, die ja bekanntlich größer ist. Aber auch das nützte nichts. Der Bundespräsident nahm Onkel Alfred den Orden wieder weg, der Kanzler riß ihm den Stern von der Brust, die Universitäten entzogen ihm den Doktortitel, die Alfredstraße bekam wieder ihren Namen — und die armen Kinder, die »Alfred« hießen, blieben ihr Leben lang unglücklich.

»Eine Not muß her!« schrien einige Realpolitiker. Aber woher nehmen und nicht stehlen? Jeder weiß, daß es genug Not auf der Welt gibt, aber wenn man einmal eine braucht, ist keine zu haben. Die Opposition stellte den Antrag, die Regierung möge endlich einmal initiativ werden und sich eine Not von einem andern Land, das genug davon habe, ausborgen. Als jedoch die andern Länder sahen, wie wichtig eine Not für die Vernunft des Volkes ist, wollte keines mehr eine hergeben, auch nicht die geringste, im Gegenteil, man förderte sie, so schnell man konnte.

Die Politiker rasten von einem Krisengipfel zum andern. Aus den Trümmern der zusammengebrochenen Wirtschaft krochen Hungersnot und Seuchen. Viele wollten auswandern, aber die Nachbarländer schlossen hermetisch die Grenzen ab, so daß kein Mensch mehr den sinkenden Staat verlassen konnte. Nun hatte man nicht nur *eine* Not, sondern viele Nöte im Lande, sogar zu viele.

Da trat ein Ereignis ein, mit dem niemand gerechnet hatte. Ein geheimnisvoller Fraß ergriff die Banknotenbündel, die überall ungenützt herumlagen, und zerstörte sie. Aber noch schlimmer: Die Menschen, die mit dem Geld in Berührung kamen, wurden von einer Allergie befallen, die die Haut rötete und gewisse Schmerzen verursachte. Plötzlich wollte niemand mit den Scheinen zu tun haben. Bündelweise warf man sie auf die Straße, in die Flüsse, in die Mülleimer. Wieder rief man Experten zusammen, sie sollten ein Gegenmittel finden — umsonst. Sie fanden nur einen Namen für die schreckliche Krankheit, sie nannten sie: Geldpest. Und sie wütete auch wie eine Pest. In jede Stadt, in jedes Dorf, ja in jede Hütte, in der Geldscheine lagen, drang sie ein und verrichtete ihr unheimliches Zerstörungswerk. Das Volk schrie nach strengen Strafen für diejenigen, die ihr Geld noch immer nicht vernichtet hatten, aber die Regierung, die bisher alles erlaubt hatte, wollte nicht plötzlich auf scharf umschalten.

Nun hatte aber gerade die beschleunigte Ausbreitung der Pest auch ihr Gutes, denn kaum war der letzte Geldschein zerfressen, so verschwand die unheimliche Seuche, wie sie gekommen war. Volk und Regierung brachen in Jubel aus. Aber wie sollte es nun weitergehen?

Da stellte sich wieder etwas ein, womit niemand gerechnet hatte: Die Leute begannen um hartes Kleingeld, auf das man im Millionenrausch vergessen hatte, zu arbeiten. Man war auf einmal auch mit den kleinsten Löhnen zufrieden, und weil man zufrieden war, machte die Arbeit Spaß und ging flotter von der Hand als zu Zeiten des Wohlstandes. Die Wirtschaft blühte langsam wieder auf, und die allgemeine Zufriedenheit brachte es mit sich, daß man plötzlich auf etliche soziale Errungenschaften, auf die man früher so stolz war und die auch unentbehrlich schienen, ganz leicht verzichten konnte.

Aus einem Wohlfahrtsstaat war ein Staat der Glücklichen geworden, und weil sie nicht mehr wohlfahrten, so leben sie noch heute.

Geld macht nicht selig — zumindest nicht in der Geschichte, die Sie eben gelesen haben.

Es gibt Frauen, die wenig sprechen, und es gibt Frauen, die viel sprechen. Miriam spricht *sehr* viel. Ihr Gatte, mein Kollege Mario, pflegte von ihr zu sagen: Ein Zwiegespräch mit meiner Frau ist ein

Monolog

Mario verfaßte Schlagertexte. Eines Nachmittags saß er vor seiner Schreibmaschine und suchte einen Reim auf die schöne Zeile: »Das Huhn soll vom Grill sein!« Sie werden sagen, daß es da eine Menge Reime gibt, wie: »Man müßte Achill sein!«, »Es muß im April sein!«, »Ich möchte ein Mandrill sein!« — aber keiner dieser Reime paßte zu Marios Text. Miriam, seine Frau, war schon zweimal ins Zimmer gekommen, um ihm mitzuteilen, daß sie fortgehen müsse, beide Male hatte er den Reim bereits gehabt, und beide Male hatte er ihn wieder verloren. Da — er zuckte zusammen und schlug sich anerkennend auf die Schulter: Er hatte ihn wieder!

A tempo trat Miriam ein. »Ich gehe jetzt«, sagte sie.

»Wohin?« fragte Mario rein mechanisch. Hätte er das nur nicht getan.

»Das habe ich dir doch schon zweimal erzählt«, antwortete Miriam vorwurfsvoll. Lieber Gott, betete Mario im stillen, mache, daß sie es mir nicht noch ein drittesmal erzählt, sonst verliere ich den Reim ein drittesmal. »Ich habe dir gesagt«, begann sie, »daß ich um drei beim Friseur sein muß, daß ich lieber um vier hingegangen wäre, daß ich aber will, daß mich die Vilma frisiert, und daß das nicht möglich ist, weil die Vilma um vier eine andere Dame hat. Ich habe dir auch gesagt, daß ich für drei bei der Pediküre angesagt bin, daß ich das auf vier verschieben wollte, daß es aber nicht ging, weil ich will, daß mich die Monika pedikürt, und die Monika bis fünf besetzt ist. So gehe ich nach dem Friseur zur Bank, hebe Geld ab, gehe zur Post und gebe die Erlagscheine auf, du weißt, Miete, Gas, Telefon, gehe dann zur Schneiderin, das Kleid ist angeblich fertig, du weißt, das blaue, für den Cocktail bei Pfandls, gehe in das Geschäft, in dem ich die goldenen Schuhe gesehen habe, ich könnte mir zu dem blauen Kleid keine passenderen denken, besorge auf dem Weg die Schallplatte für Magdas Geburtstag, du weißt, Udo Jürgens, daß heißt nein, die besorge ich für Manuela, Magda wünscht sich Schuberts ›Winterreise‹ — Winterreise!« schrie sie plötzlich auf, »ins Reisebüro muß ich auch, die Fahrkarte für Mama bestellen, sie fährt doch zur Kur nach Bad Kissingen, ich weiß nicht, was sie ständig mit dem Magen hat —« Miriam holte Atem, der Reim, den Mario zum drittenmal gehabt hatte, war wieder vergessen, verloren, entschwunden, »— und das Taufgeschenk!« rief sie. »Mittwoch ist doch die Taufe von Evelyns Baby! Ich weiß nicht, warum sie es Nelson nennen, ich glaube nicht, daß Rockefeller den Buben in sein Testament aufnehmen wird, dann gehe ich zum Tapezierer, ich will doch das Schlafzimmer frisch tapezieren lassen, es ist wirklich kein Luxus, das letztemal wurde es vor drei Jahren tapeziert, sie könnten doch das Kind Michael nennen, nach dem Vater, und dann muß ich wegen der Vorhänge schauen, sie sollen doch zu der Tapete passen. Um fünf bin ich dann bei der Pediküre, hoffentlich ist die Monika frei, weil ich doch um sechs zum Arzt muß, du weißt, wegen der Schulterschmerzen, hoffentlich hat noch eine Apotheke offen, er wird mir doch etwas verschreiben, er verschreibt immer etwas, ob es hilft, ist eine andere Sache, aber schließlich, die Apotheker wollen auch leben, um sieben mache ich noch einen Sprung zu Robinsons, Mela hat angerufen, sie hat sich einen entzückenden Bikini gekauft, du weißt, für Portofino, den will sie mir zeigen. Wie ich das alles schaffen soll, weiß ich noch nicht, ich bin jetzt schon so müde. Aber —«, Miriam überlegte, »— ob ich das wirklich alles heute erledigen muß? Zum Friseur könnte ich auch morgen gehen, mein Haar ist noch ganz in Ordnung, und der Friseur ist so unverschämt teuer, die Pediküre hätte übermorgen Zeit, dann wäre ich nicht so gehetzt, die Bank, fällt mir eben ein, schließt schon um drei, Bank und Post mache ich nächste Woche, die Schneiderin rufe ich an, vielleicht ist das Kleid noch gar nicht fertig, und *wenn* es fertig ist, soll sie es am Abend bringen. Sie hat früher auch immer ins Haus geliefert, aber jetzt? Bei diesen Gewerkschaften? Die Schuhe — ob ich die morgen noch bekomme? Ganz sicher. Wer kauft schon mitten im Sommer goldene Schuhe? Auch kann ich die Schuhe erst kaufen, wenn ich die Farbe des Kleides noch einmal gesehen habe, ich habe mir leider kein Stoffmuster geben lassen, die Schallplatten eilen nicht, und die Fahrkarte soll sich Mama selbst besorgen, ich habe neulich gelesen, englische Wissenschaftler sagen, daß es gar nicht gut ist, wenn man für ältere Menschen alles erledigt, das raubt ihnen ihr Selbstbewußtsein, und stelle dir Mama vor mit einem geraubten Selbstbewußtsein, wo sie sowieso immer Angst vor Räubern hat. Das Taufgeschenk hat Zeit, die Taufe ist doch erst nächste Woche, warum sie den Buben Nelson nennen, verstehe ich nicht; *wann,* haben wir gesagt, lassen wir tapezieren? Doch erst in drei Wochen, wenn du in Wörishofen bist, wozu soll ich dann heute schon die Tapeten bestellen, in drei Wochen sind bereits wieder andere modern, und auch mit den Vorhängen werde ich warten, die sollen doch schließlich zur Tapete passen, zum Arzt gehe ich heute auch nicht mehr, die Schulterschmerzen sind weg, und er verschreibt mir doch sowieso das falsche Medikament, diese chemischen Mittel sind gar nicht so gesund, alles Gift — und Mela? Die Kuh ist doch viel zu alt für einen Bikini, das soll ich mir noch anschauen? Fällt mir nicht ein, ich bleibe zu Hause!«

Sie schwieg, und Mario dankte Gott. Er hatte im stillen einen anderen Reim gefunden, auf »Das Huhn soll vom Grill sein!« Er hieß: »Wann wird sie bloß still sein?!«

Mozarts Sonaten sind einzigartig. Für Kinder sind sie zu leicht, für Künstler zu schwer.

(Artur Schnabel)

Es ist noch kein Meister vom Himmel gefallen

Ladi, mein hoffnungsvoller Neffe, beging seinen vierzehnten Geburtstag. Vierzehn Jahre war er nun auf dieser Welt, vierzehn Jahre, in denen er nur Angst und Schrekken verbreitet hatte. Seine Eltern, Walter und Hermine Goldmann, baten zu einer Feier im kleinsten Kreis. Anwesend waren Robinsons, Wimmers, meine Frau und ich. Auf dem Tisch stand eine Riesengeburtstagstorte mit vierzehn brennenden Kerzen, die Ladi, das Geburtstagskind, auf einen Hieb ausblasen mußte. Ladi blies mit der Kraft eines Tornados und blies dabei eine Kerze direkt in den Schoß meiner Frau, wo sie mit kerzenartiger Geschwindigkeit ein Loch in das Kleid brannte, das die Gute sich eigens für Ladis Geburtstag gekauft hatte. Aufschreiend warf sie die Kerze auf den Boden, dort brannte sie noch ein Loch in den Teppich und verschied. Menschenopfer waren keine zu beklagen.

»Du bist doch nicht bös?« fragte Ladis Mutter besorgt.

»Wo denkst du hin?« antwortete meine Frau mit einem Lächeln, wie es Medea gehabt haben mußte, ehe sie ihre Kinder ermordete.

»Sie können ja das Kleid kunststopfen lassen«, meinte Frau Wimmer tröstend.
»Natürlich«, sagte meine Frau mit einer bei solchen Gelegenheiten an ihr seltenen Freundlichkeit. »Sie müssen mir bloß einen Kunststopfer nennen, der imstande ist, ein solches Loch kunstzustopfen.« Das klang schon weniger freundlich, aber sie hatte recht. Das Loch war so groß wie ein Zehnschillingstück vor der Inflation.
»Schluß jetzt!« versuchte ich die Situation zu retten. »Stoßen wir mit dem Geburtstagskind an.«
Jeder der Gäste hob das Glas Sherry, das man zu diesem Zweck vor ihn hingestellt hatte, um mit Ladi anzustoßen. Ich war der erste. Leider stieß Ladi zurück, und zwar mit einer Heftigkeit, daß sich der Inhalt meines Glases auf das verbrannte Kleid meiner Frau ergoß.
»Oh!« bedauerten alle.
»Macht nichts!« sagte meine Frau grimmig. »Ich kann ja das Kleid, nachdem man es kunstgestopft hat, in die Putzerei geben.« Sie warf dabei einen vernichtenden Blick auf Ladi. Die Stimmung hatte ihren Höhepunkt erreicht.
»Bedient euch!« bat die Hausfrau, die inzwischen Tee eingegossen hatte und nun die Torte herumreichte. »Hier ist Schlagobers.«
»Hattet ihr eigentlich schon immer ein Klavier?« fragte Wimmer und sah auf das an einer Wand stehende Instrument.
»Nein«, sagte Goldmann stolz, »das haben wir erst gekauft. Ladi lernt seit neuestem Klavier spielen.«
»Oh!« machten alle bewundernd.
Um Gottes willen, durchfuhr es mich. Sie werden doch nicht verlangen, daß der Bub etwas zum besten geben soll?
»Was spielst du denn, Ladi?« fragte Frau Wimmer.
»Klavier«, sagte Ladi. Für einen Vierzehnjährigen eine reichlich dumme Antwort.

Frau Wimmer lächelte. »Das hat uns schon dein Papa erzählt. Ich meine, welche Stücke du spielst.«
Ladi schwieg. »Momentan spielt er eines, das zwölf Schilling gekostet hat«, antwortete Goldmann an Stelle seines Sprößlings, »aber er hat auch schon eines um fünfzehn Schilling gespielt.«
»Und welches war das?« fragte Frau Robinson.
»Der fröhliche Landmann«, sagte Ladi.
»Das wirst du uns doch vorspielen?«
Ich hatte es geahnt.
»Nein«, zierte sich der zukünftige Rubinstein.
Dank, tausend Dank! Jetzt soll nur keiner sagen: Künstler wollen gebeten sein. Denn dann — —
»Künstler wollen gebeten sein«, sagte im selben Moment Dr. Robinson. Ich beschloß, ihm meine Vertretung zu entziehen. Ein Mensch, der die Bestrafung seines Klienten direkt herausfordert, ist kein Anwalt für mich.
Ladi setzte sich ans Klavier und griff in die Tasten. Habe ich eben gesagt, er griff in die Tasten? Ich nehme es zurück. Er schlug in die Tasten, er hämmerte, er war ein Hasardeur, der die Tasten niederdrückte, egal, welche es waren. Waren es die richtigen, um so besser. Hätte Schumann geahnt, daß Ladi einmal seinen »Fröhlichen Landmann« spielen wird, hätte er ihn »Der rasende Ökonom« genannt. Jetzt war er fertig. Ich nahm mir aus einer Flasche, die auf dem Tisch stand, ein großes Glas Whisky. Alles applaudierte. Ich danke dir, lieber Gott, daß ich das überstanden habe. Zu früh. Ladi spielte den »Wilden Reiter«, ebenfalls von Schumann. Und er spielte ihn richtig wild. Wimmer, der grad von dem Schlagobers nahm, fiel vor Schreck der Löffel aus der Hand. Wenn ich sage, daß er auf das verbrannte und noch immer sehr nasse Kleid meiner Frau fiel, wird man mir nicht glauben, also sage ich es gar nicht. Ohne daß es jemand merkte, nahm ich einige meiner Beruhigungstabletten und spülte

sie mit einem zweiten Glas Whisky hinunter. Meine Frau sah sehnsüchtig ins Weite. Wie ich später erfuhr, dachte sie an das Nachttischchen neben ihrem Bett, auf dem das Oropax lag. Robinson — recht geschieht ihm — stöhnte laut auf, seine Frau zog sich die Perücke über die Ohren, Frau Wimmer schüttelte nur immer den Kopf. Sie konnte es nicht glauben, daß es so etwas gibt. Nur Ladis Eltern starrten verzückt auf ihren Liebling.

»Das Gebet einer Jungfrau«, forderte ihn der Vater auf, »Frühlingsrauschen«, die Mutter, »Donauwellen«, der Vater, »Die Parade der Zinnsoldaten«, die Mutter. Ich nahm eine Tablette nach der andern, dazwischen immer einen Schluck Whisky. Das Gemisch brachte mich in eine so euphorische Stimmung, daß ich glaubte, bei einem Klavierkonzert von Svjatoslav Richter zu sitzen.

»Spiel doch das Lied, das *du* komponiert hast«, sagte der Vater. Noch zwei Tabletten, noch einen Schluck Whisky. Ladi spielte. Du darfst keine Tabletten mehr nehmen und keinen Whisky, sagte ich mir. Ich fühlte mich bereits wie auf einem Rauschgifttrip.

»Das ist *deine* Komposition?« hörte ich meine Frau von fernher fragen. Wo war sie? Auf dem Kasten? Im Vogelkäfig? Noch zwei Tabletten. Sie saß vor mir in der Kaffeetasse. »Das ist doch Mozart!« sagte sie.

»Was?!?« schrie Goldmann und näherte sich drohend seinem Sohn. »Und mir hast du gesagt, daß es von dir ist und daß du es mir gewidmet hast? Und ich habe dir noch hundert Schilling dafür gegeben und dein Taschengeld aufgebessert?«

Robinson sah nach der Uhr. »Ich muß weg«, sagte er schnell, »ich habe noch eine Besprechung.«

»Ich gehe mit dir«, sagte seine Frau, »meine Mutter ist krank.«

Frau Wimmer warf ihr einen bösen Blick zu. Dasselbe wollte eben sie sagen. Wimmer bemerkte es.

»Komm!« sagte er. »Die Webers warten mit der Bridgepartie.«
Hermine begleitete die Gäste ins Vorzimmer. Meine Frau und ich blieben allein zurück und sahen noch, wie Ladi von seinem Vater eine wuchtige Ohrfeige bekam.
Mit des Vaters Ohrfeige statt des Vaters Segen trat Ladi in sein fünfzehntes Lebensjahr.

Diesmal überlasse ich es Isaac Stern, das Schlußwort zu sagen. Es heißt: »Es gibt mehr schlechte Musiker als schlechte Musik!«

Arbeit macht müde, Urlaub macht müder, am müdesten aber fühlt man sich in der

Nachurlaubszeit

Ich kam vom Urlaub, am Bahnhof nahm ich ein Taxi, der Träger verstaute mein Gepäck, zum Glück merkte ich es rechtzeitig. »Das ist nicht *mein* Gepäck!« rief ich.
»Entschuldigen«, sagte der Träger müde, »ich bin erst gestern vom Urlaub gekommen.«
Schnell hielt er ein anderes Taxi zurück, das, mit meinen Koffern im Bauch, eben abfahren wollte.
»Haben Sie es nicht bemerkt?« fragte ich den Passagier.
»Nein«, sagte dieser matt. »Ich komme eben vom Urlaub.«
»Langegasse«, nannte ich dem Chauffeur meine Adresse. »Ich sage Ihnen, wo Sie stehenbleiben sollen.«
Es ist doch merkwürdig, dachte ich während der Fahrt, wie der Urlaub die Menschen müde macht. Nicht alle natürlich. Wenn ich denke, wie *ich* mich heuer erholt habe. Ich gähnte. Ich mußte eingenickt sein, als ich wieder erwachte, sah ich eine fremde Umgebung.
»Wo sind wir?« fragte ich erschrocken den Taxifahrer. Ich dachte an Kidnapping.
»In Hetzendorf«, antwortete der Mann erschöpft.
»Ich wollte doch in die Langegasse! Die liegt doch gerade entgegengesetzt!«
»Entschuldigen«, meinte der Fahrer bedauernd, »ich bin

erst gestern vom Urlaub gekommen.« Wir fuhren in die Langegasse, ich bezahlte, schleppte mich die Treppe hinauf, öffnete meine Wohnungstür und stand im Vorzimmer.

»Anna!« rief ich. Anna war unsere Hausgehilfin. Meine Frau hatte ihre Kur noch nicht beendet, und so sollte Anna, bevor ich nach Hause kam, die Wohnung saubermachen.

»Anna!« rief ich noch einmal. Anna antwortete nicht. Ich ging ins Wohnzimmer — Anna lag auf der Couch und schlief. Ich rüttelte sie wach. »Anna!« sagte ich. Sie schlug die Augen auf und starrte mich an.

»Sie sind schon da, Herr Chef?« fragte sie überflüssigerweise, denn daß ich schon da war, mußte sie schließlich sehen, ich stand ja vor ihr. »Ich weiß nicht, was los war«, fuhr Anna fort, »ich bin plötzlich so schwach geworden. Dabei bin ich erst gestern vom Urlaub gekommen.«

»Tut nichts«, gähnte ich. »Machen Sie jetzt weiter.«

Anna gähnte zurück. »Ich hätte für den Herrn Chef etwas kochen sollen und habe nicht einmal noch das Fleisch gekauft.«

»Das kaufe ich«, sagte ich schlapp. »Ich muß sowieso zur Bank gehen.« Ich ging.

In der Bank wollte ich zehntausend Schilling von meinem Konto abheben. Ich unterschrieb mit großer Anstrengung eine Bestätigung, bekam eine Nummer und mußte warten. Als die Nummer aufgerufen wurde und ich zum Schalter kam, fragte der Kassier: »Wie wünschen Sie die Million? Groß oder klein?«

Million? Was war das? Der Mann irrte sich. Soll ich —? Nein. Erstens bin ich ein ehrlicher Mensch, und zweitens würde es herauskommen. »Das muß ein Irrtum sein«, sagte ich. »Ich wollte bloß zehntausend.«

Der Kassier prüfte die Anweisung, die ihm die Beamtin hingelegt hatte. »Stimmt«, sagte er dann. »Zehntausend.«

Er blätterte sie vor mich hin.
»Das sind erst neun«, sagte ich.
»Entschuldigen. Hier, bitte.«
»Jetzt sind es elf.«
»Das ist doch zu dumm. Ich kann mich heute nicht an die Arbeit gewöhnen. Ich bin erst gestern vom Urlaub gekommen.«
Das ist es, dachte ich auf der Straße. Man kann sich nach dem Urlaub nicht an die Arbeit gewöhnen. Das heißt, ich schon, aber die andern nicht. Kraftlos erreichte ich den Fleischerladen.
Der Fleischer, der sich hingesetzt hatte und eingedöst war, erhob sich langsam. »Sie wünschen, bitte?«
»Eine Schachtel Lucky strike, fünf Rasierklingen und die Schuhe meiner Frau, die zur Reparatur hier sind.«
»Schuhe?« fragte der Fleischer schwach. »Wo sollen die sein?« Wir suchten gemeinsam. »He«, sagte er schließlich, »Sie wollen doch sicherlich ein Stück Fleisch?«
»Stimmt!« sagte ich, total erledigt. Wie war ich auf Schuhe gekommen? Wir einigten uns auf ein Steak, der Fleischer nahm ein großes Stück Fleisch, hackte ein kleines Stück davon ab und hackte sich in den Daumen. »Entschuldigen«, sagte er, »ich bin erst gestern vom Urlaub gekommen.«
Ich war wieder auf der Straße. Dieser verfluchte Urlaub, dachte ich. Aber wie kommt es, daß alle andern, nur ich nicht? Was ich nicht? Egal, ich konnte nicht nachdenken. Hoppla, fast wäre ich überfahren worden. Das heißt, ich *bin* überfahren worden, ich war bloß zu faul, um umzufallen. Die Dame, die den Wagen lenkte, bat um Vergebung, sie war eben vom Urlaub gekommen. Auch der Lehrjunge, der einen Eimer Schmutzwasser aus dem Laden auf die Straße schüttete und dem ich direkt in den Weg lief. Ich sah aus wie der dem Meere entstiegene Poseidon, aber der Junge war schuldlos. Er war erst gestern

vom Urlaub gekommen. Auch der Polizist an der Kreuzung, der durch falsches Zeichengeben fast einen Unfall gebaut hätte, der Anstreicher, der ein Haus mit schwarzer statt mit weißer Farbe zu streichen begann, sowie der Taschendieb, den man aus der Straßenbahn geholt hatte, weil er einer Dame einen Hundertschillingschein in die Börse praktizieren wollte. Sie alle waren erst gestern vom Urlaub gekommen.

Ich kam nach Hause, gab Anna meine Brieftasche, in der Meinung, es sei das Steak, und bekam sie zu Mittag wieder, mit Kartoffeln und grünem Salat. Das Steak steckte in der Brusttasche meines Sakkos. Meine Frau rief aus der Kuranstalt an. »Hast du dich erholt?« fragte sie. »Sehr!« sagte ich matt, während mir der Hörer aus der Hand fiel. Ich setzte mich zum Schreibtisch, bis morgen sollte ich das Manuskript des Buches abliefern, das Sie jetzt in der Hand haben, und mir fehlte noch eine Satire. Die erste. Satiren kann man nämlich durcheinanderschreiben. Von vorne nach hinten, von hinten nach vorne. Ich beginne meist in der Mitte und schreibe an geraden Tagen nach vorne, an ungeraden nach hinten. (Ein Geheimnis aus der Werkstatt des Meisters.) Was wollte ich nur schreiben? Auf der Heimfahrt hatte ich es doch schon gewußt. Richtig! Ich begann: »Eine Bitte anstatt eines Vorworts.« Wie ging es bloß weiter? Verflucht, ich hatte es doch schon gehabt. Die Augen fielen mir zu, ich war erledigt, zerschlagen, schlafbedürftig. Trotzdem gab ich nicht auf. Ich nicht. Ich schrieb: »Ein Mensch, der Hunde und kleine Kinder haßt — —« Ich ging zu Bett. Schließlich bin ich eben erst vom Urlaub gekommen.

Sollten Sie auch erst vom Urlaub gekommen sein, hören Sie auf zu lesen und schlagen Sie das Buch zu. Übermorgen können Sie weiterlesen. Bis dahin haben Sie sich von den Strapazen des Urlaubs erholt.

Es ist bedauerlich, daß das Radio erst erfunden wurde, als die Menschen nichts mehr zu sagen hatten.

(Chesterton)

Zurück zum Hörfunk

Mein Fernsehapparat war kaputt. Ich erzählte es Doktor Wronsky am Telefon, und er schien es sofort weiterkolportiert zu haben. Innerhalb von zwei Stunden bekam ich drei Glückwunschtelegramme.

Es stimmt, unser Fernsehprogramm ist nicht zufriedenstellend. So gab es gestern die Wiederholung der Wiederholung eines alten Films, dessen erste Wiederholung schon vor Jahren wiederholt worden war. Und doch! Man kommt am Abend ohne die Flimmerkiste nicht mehr aus. Was anfangen? Theater? Ich rief an, die Freikarten waren bereits überall vergriffen. Kino? Zu gefährlich. Man könnte einen »Schocker« erwischen, der einen nachher nicht schlafen läßt. Dieses Risiko geht man beim Fernsehen nicht ein. Ratlos sah ich mich im Raum um, als mein Blick auf unseren alten Radioapparat fiel. Das gute Stück! Wie lange hatte ich ihn schon nicht mehr benützt? Ich weiß es nicht. Dabei gibt es Leute, die behaupten, daß das Radioprogramm besser sei als das des Fernsehens. Ich schaltete den Apparat ein und schien mitten in eine Diskussion gekommen zu sein. Ich hörte eine Männerstimme: »Darf ich zusammenfassend fragen, was Sie, Herr Doktor, von der Erfindung des Dampfschiffes für die Zukunft halten?«

»Ich glaube, daß sie viel Dampf machen wird«, sagte eine andere Stimme. »Das Dampfschiff wird in nicht allzu ferner Zeit unsere Flüsse befahren und — in einigen hundert Jahren — vielleicht sogar die Kontinente miteinander verbinden. Doch das ist noch Utopie. Trotzdem — ich halte diese Erfindung für die wichtigste seit der Erfindung der Atombombe.«
Ich horchte auf. Was war das? Dampfschiff? Atombombe?
»Danke, Herr Doktor«, ließ sich die erste Stimme wieder vernehmen. Und dann: »Liebe Hörerinnen und Hörer, Sie hörten Herrn Dr. Finkelfunk über die Erfindung des Dampfschiffes sprechen. Wir bringen nun in unserer Sendung ›Interessante Menschen und Dinge‹ ein Interview mit dem bekannten Goetheforscher Herrn Professor Moglvogt von der Universität St. Johann am Arlberg.«
Ich kannte mich nicht aus. Was waren das für Namen? Finkelfunk? Moglvogt? Universität St. Johann am Arlberg? Wo gibt es in St. Johann eine Universität?
»Sie haben Ihr Leben und Ihre Studien dem deutschen Dichter Johann Wolfgang von Goethe geweiht«, ging es da schon weiter. »Genauer gesagt, seinem Drama ›Götz von Berlichingen‹.«
»Nicht mein Leben«, meinte der Professor, »aber ich habe, das kann ich ruhig behaupten, die letzten zwanzig Jahre darauf verwendet, zu erforschen, was Goethe veranlaßt haben mag, sich gerade dieses Stoffes anzunehmen.«
»Und ist es Ihnen gelungen?«
»Ja.«
»Was war es?«
»Das Zitat. Goethe sagte sich, daß eine Redensart von einer derartigen Popularität, eine Redensart, die in allen Weltsprachen gebraucht wird, eine Redensart, die der Franzose ebenso gut kennt wie der Engländer, der Eskimo oder der Bantuneger — daß eine solche Redensart nicht frei im Raum schweben dürfe. Er wollte ihr einen Halt

geben. So baute er um sie herum den ›Götz von Berlichingen‹. Und es ist fraglich, ob Goethe, hätte er dies n i c h t getan, so berühmt geworden wäre, wie er es heute noch ist. Er war es, der die bekannte Aufforderung gesellschaftsfähig machte, der ihr ein literarisches Mäntelchen umhängte, und es gibt heute kein Staatstheater, auf dessen Bühne sie nicht schon erklungen wäre.«

»Ihren Worten nach stammt also diese ›Aufforderung‹, wie Sie sie nennen, gar nicht von Goethe?«

»Beileibe nicht. Meine Forschungen beweisen, daß sie bis ins Altertum zurückgeht.«

»Und weiß man auch, wer sie zum erstenmal ausgesprochen hat?«

»Mit ziemlicher Sicherheit. Es war Odysseus, der auf seinen Irrfahrten auf eine Insel kam, die von der Zauberin Circe, der Tochter des Helios, bewohnt wurde.«

»Und bei welcher Gelegenheit gebrauchte Odysseus diese Worte?«

»Als ihn Circe verführen wollte. Sie sagte zärtlich zu ihm: ›Mehala tschonga!‹, was in dem Idiom, das man auf jener Insel sprach, soviel wie ›Ich liebe dich!‹ hieß. Odysseus sagte drauf grob: ›Tehack!‹ In der Sprache Circes das spätere Götzzitat. Circe verwandelte daraufhin Odysseus und seine Gefährten in Schweine.«

»Mit Recht, wie man jetzt weiß. Was Sie da sagen, Herr Professor, ist sehr interessant.«

»Da gibt es Interessanteres. Zum Beispiel, daß diese Aufforderung — wir können sie auch ›Einladung‹ nennen — seit jener Zeit milliardenmal ausgesprochen wurde, ohne daß sie auch nur ein einziges Mal angenommen worden wäre.«

»Und warum legt Goethe diese Worte gerade dem Götz in den Mund?«

»Ich möchte diese Worte mit dem Begriff ›Mund‹ nicht in Zusammenhang bringen — aber wen sollte er sie sonst sagen lassen? Ursprünglich hatte er sie sowieso für den ›Faust‹ bestimmt. So fand ich in einem Urmanuskript des Urfaust eine Stelle im Monolog, laut welcher Faust sagen sollte:

Da steh ich nun ich armer Tor
Und bin so klug als wie zuvor.
Enttäuscht, verbittert ruf ich barsch:
Hör mich, o Welt — —

Aber er hat es dann wieder gestrichen.«
»Sehr aufschlußreich. Darf ich noch etwas fragen, Herr Professor? Bei uns gilt Goethe als der größte Dichter aller Zeiten. Ist das auch anderswo der Fall?«
»Drauf kann ich mit Stolz sagen: Ja. Goethe wird in aller Welt für den größten Dichter gehalten, nur heißt er in jeder Sprache anders. Die Engländer nennen ihn ›Shakespeare‹ und die Franzosen ›Molière‹.«
»Eine annähernde Anzahl, wie oft das Zitat gebraucht wurde, gibt es wohl nicht?«
»Nein. Es wurde einige Male der Versuch unternommen, eine approximative Zahl zu erforschen, was aber heute, in der Zeit der Autofahrer, unmöglich geworden ist.«
»Ich verstehe. Wir danken, Herr Professor!«
Ich war baß erstaunt. Man muß wirklich Radio hören, um zu erfahren, womit sich Menschen beschäftigen.
»Darf ich nun Sie zum Mikrofon bitten, Herr Wadenkrampf?« begann es wieder. Was für Namen es doch gibt! Zuerst Finkelfunk und Moglvogt und jetzt Wadenkrampf.
»Sie sind Komponist«, sagte der Interviewer, »und gehören zu den Modernen.«
»Zu den ganz Modernen«, stellte Wadenkrampf mit Stolz fest.
»Würden Sie unseren Hörern einige Ihrer bekanntesten Werke nennen?«

»Mit Vergnügen. Ich schrieb das ›Concierto für eine Hand‹, das ja viel von sich reden machte.«

»Das kann man wohl sagen. Was hat Sie eigentlich auf die Idee gebracht, dieses Stück zu komponieren?«

»Es war pure Notwendigkeit. Eine Marktlücke, wie man heute sagt. Unsere großen Pianisten sind dauernd auf Tournee. Sie spielen heute in Rio, morgen in Moskau, übermorgen in Argentinien und tags darauf in Finnland. Von den Tropen in die Kälte — das gibt bedeutende Temperaturunterschiede. Die Künstler frieren, und da gibt ihnen mein ›Concierto für eine Hand‹ die Möglichkeit, während sie mit der Rechten spielen, die Linke in die Hosentasche zu stecken und umgekehrt.«

»Sehr praktisch. Was haben Sie sonst noch geschrieben?«

»Ein ›Impromptu mit Fäustlingen‹, ein ›Flötensolo mit Ohrenschützern‹, eine ›Kantate für Orgel mit Filzpantoffeln‹ und ein abendfüllendes Werk für ›Orchester mit Wollhauben‹.«

»Und würden Sie uns etwas über Ihre Pläne verraten?«

»Gern. Ich schreibe jetzt eine Symphonie ohne Rücksicht auf das Klima, ein Konzert ohne Musikinstrumente, betitelt ›Lärm‹.«

»Ohne Musikinstrumente?«

»Genau. Die Musik wird von Schreibmaschinen gemacht, von Straßenbohrmaschinen, von Fabrikssirenen, von Autohupen, von Töpfen, die aneinandergeschlagen werden, von Alarmanlagen, durch die sich ein reizendes Solo für Kreissäge zieht.«

»Verzeihen Sie, wenn ich frage — Zementmischmaschine haben Sie keine?«

Der Künstler schien starr zu sein. »Auf die habe ich vergessen«, sagte er dann. »Mir hat immer etwas gefehlt. Natürlich! Eine Zementmischmaschine«, murmelte er.

»Ich danke, Meister, daß Sie zu uns ins Studio gekommen sind.«

»Bitte. Eine Zementmischmaschine«, hörte man ihn noch sagen, während er sich vom Mikro entfernte.
Ich war außer mir. *Das* sollte Kunst sein? Ich war eben im Begriff, den Apparat abzudrehen, als sich eine wohlklingende Frauenstimme vernehmen ließ: »Das ist das Ende unserer Sendung ›Interessante Menschen und Dinge‹. Es war eine Wiederholung der Scherzsendung vom 1. April 1975. Anschließend bringen wir eine Wiederholung — —«
Ich schaltete das Radio aus. Auch im Hörfunk Wiederholungen!

Ich setzte mich an den Schreibtisch und begann zu arbeiten. Als ich fertig war, fiel mir auf, daß ich eine Satire geschrieben hatte, die bereits 1971 erschienen war. Wenn schon. Warum soll ich mich n i c h t wiederholen?

Poldi war ein in den Zwischenkriegsjahren erfolgreicher Schlagerkomponist. Wir gehörten zu einer Gruppe von Freunden, die die tollsten Sachen anstellten. Die Ideen dazu stammten meistens von Poldi. Plötzlich heiratete er und ward nicht mehr gesehen, außer in Gesellschaft seiner Frau, die für uns nichts übrig hatte. Und Poldi auch nicht. Wenn wir den beiden begegneten, nickte er uns verlegen zu und ging weiter. Er war, wie man sagt,

Ein Pantoffelheld

Ich ging durch die Kärntnerstraße, als mir aus einem Kaffeehausgarten jemand »Hallo!« zurief. Ich drehte mich um — es war Poldi.

»Poldi!« rief ich überrascht. »Wie geht es dir?«

»Danke, gut!« sagte er strahlend. »Und dir?«

»Auch. Was macht deine Frau?«

»Frau?« fragte er verwundert. »Hast du denn nicht gehört?«

»Nein . . .«

»Wir sind geschieden.«

»Nicht möglich!« Ich war fassungslos. »Wie ist das gekommen?«

»Du weißt, daß meine Ehe nie glücklich war, aber alles hat seine Grenzen. Eines Tages habe ich ihr beigebracht, daß das nicht so weitergehen könne.«

»Wann war das?«

»Vor vierzehn Tagen.«

»Und sie?«
»Sie versuchte mich vom Gegenteil zu überzeugen. Sie redete und redete ...«
»Das hätte ich gerne gehört.«
»Wenn du in meine frühere Wohnung läufst — ich glaube, sie redet noch immer.« Wir lachten beide so laut, daß sich die Vorübergehenden nach uns umdrehten. Das war wieder der alte Poldi, wie ich ihn gekannt habe. Ich schüttelte ihm die Hand.
»Auf alle Fälle gratuliere ich dir«, sagte ich, »diese Frau war unmöglich.«
»Unmöglich? Sie war nicht zu ertragen.«
»Wenn ich mich erinnere, wie sie vor allen Leuten mit dir gesprochen hat.«
»Wie mit einem Lausbuben.«
»Und diese Behandlung.«
»Furchtbar.«
»Seelisch.«
»Auch körperlich. Einmal schnitt ich mich beim Kartoffelschälen in den Finger, da weinte sie, nur damit Salz in die Wunde kommt.«
»Und ihre krankhafte Eifersucht.«
»Eifersucht? Es war eine Qual.«
»Du durftest doch keine andere Frau anschauen.«
»Ich durfte nicht einmal wegschauen. Sah ich eine an, sagte sie: ›Warum schaust du sie so an? Willst du etwas haben mit ihr?‹ Sah ich weg, fragte sie: ›Warum schaust du weg? Sicher hast du was gehabt mit ihr!‹ Fand sie ein schwarzes Haar auf meinem Anzug, betrog ich sie mit einer Schwarzen, fand sie ein blondes Haar, betrog ich sie mit einer Blondine — und fand sie gar kein Haar, betrog ich sie mit einer Glatzköpfigen.«
»Aber sie«, sagte ich, »hat es mit der Treue nicht so genau genommen. Die Geschichte mit Bauer zum Beispiel. Man sagt, daß sie mit ihm in Venedig war.«

»Das wäre nicht das Schlimmste gewesen. Der Bauer fährt mit einer jeden nach Venedig. Aber der — dings . . .«
»Der Schimek.«
»Ja. Und der andere — wie heißt er bloß . . .«
»Zeisler.«
»Richtig. Und der — du weißt schon . . .«
»Horner.«
»Genau. Und der — ich habe kein Gedächtnis für Namen — der . . .«
»Schwegler.«
»Den meine ich.«
»Alles deine Freunde. Hast du ihr das nie gesagt?«
»Natürlich habe ich ihr das gesagt. Ich habe gesagt: ›Alles meine Freunde! Hast du keine eigenen Freunde, mit denen du mich betrügen kannst?‹«
»Du warst ein richtiger Pantoffelheld.«
»Ein Trottel war ich.«
»Sei froh, daß es vorbei ist. Ruf mich an, wir kommen wieder zusammen wie früher einmal.« Wir schüttelten uns die Hände. Ich ging. Plötzlich hörte ich ein schüchternes »Hallo!«
Ich drehte mich um, da stand er, klein, gedrückt, verheiratet, mit Eheringen unter den Augen.
»Was gibt es?« fragte ich.
Er zögerte.
»Ich wollte dir nur sagen . . .«
»???«
»Ich bin gar nicht geschieden.«
»Was?!?«
»Ich wollte nur wissen, ob du über meine Frau genauso denkst wie ich.«

Es passierte mir, daß ich einmal in einer Gesellschaft einen Herrn fragte: »Wer ist diese greuliche Person, die da singt?« Drauf sagte er: »Meine Tochter.« Ich hielt das bisher für die peinlichste Situation, die es gibt. Jetzt wußte ich, es gibt eine peinlichere.

Übrigens, als Poldi sich wirklich scheiden ließ, mußte ich wegen Bauer, Schimek, Zeisler, Horner und Schwegler als Zeuge vor Gericht erscheinen. Poldi hat den Prozeß gewonnen — ich habe fünf Freunde verloren.

Tante Elsa hat ein Herz für ihre Mitmenschen. Ihr Beistand ist unerreicht, unerschöpflich und unerträglich. Tante Elsa ist, wie man zu sagen pflegt:

Ein guter Engel

Fühlen Sie sich einsam, vergessen, vernachlässigt? Wenden Sie sich an Tante Elsa. Sie betreut Sie nach ihren Kräften, sie versorgt Sie nach ihren Möglichkeiten, und sie erdrückt Sie mit ihrer Liebe. Seelisch Leidende ziehen sie an. Sie gibt ihnen ein Gefühl der Wärme, des Verstehens und des Geborgenseins.

Vor Tagen wurde sie angerufen: »Frau Medizinalrat Forstmann. Meine Schwägerin, Frau Sulzheim, erzählte mir von Ihrer Hilfsbereitschaft. Es handelt sich um folgendes: Es gibt da eine alte Dame — Frau Schmoll —, der Mann ist vor sechs Jahren gestorben, die einzige Tochter ist im Ausland verheiratet, Frau Schmoll ist ganz allein, und ich kümmere mich um sie, so gut es geht. Nun fahre ich aber mit meinem Mann auf Urlaub. Würden Sie mich ein bißchen vertreten? Wenn Sie nur alle paar Tage einmal hinschauen, genügt es.« Tante Elsa war begeistert. Sie bekam die Adresse — Straße, Hausnummer, Stockwerk — und läutete noch am selben Tag an der Tür.

»Komme!« sagte eine tiefe Männerstimme. »Aha!« dachte Tante Elsa erfreut, »man kümmert sich schon um die Arme!« Die Tür wurde geöffnet, und Tante Elsa sah sich

einer großen, starken, resoluten Frau, einem richtigen Mannweib, Besitzerin der Männerstimme, gegenüber. Was ihr Aussehen betraf, erinnerte sie an Leonid Breschnjew, bis auf den Schnurrbart. (Sie werden sagen, Breschnjew hat keinen Schnurrbart, aber die Dame hatte einen.)
»Sie wünschen?« fragte sie mißtrauisch. »Ich komme zu Frau Schmoll«, sagte Tante Elsa. »Ich *bin* Frau Schmoll«, meinte das Riesenweib. Tante Elsa erzählte ihr den Zweck ihres Besuches. Frau Schmoll lachte auf.
»Da war ich nun froh, daß die Forstmanns auf drei Wochen wegfahren, und nun sind *Sie* da. Sie müssen nämlich wissen, daß ich das ewige Betreutwerden gar nicht mag, da es aber Frau Forstmann anscheinend Spaß macht, lasse ich ihr die Freude. Kommen Sie rein. Wenn Sie schon da sind, trinken war eine Tasse Tee zusammen.«
Tante Elsa folgte der Dame ins Wohnzimmer. »Wo haben Sie die Küche?« fragte sie. »Ich werde den Tee zubereiten.«
»Hohoho!« lachte Frau Schmoll wie ein Oberst, der eben gehört hat, daß der General vom Pferd gefallen ist. »Das wäre ja noch schöner. Ich war eben dabei, mir Tee zu machen — da ist das heiße Wasser — und da sind die Tea-bags.«
»Die was?« fragte Tante Elsa.
»Die Tea-bags. Die Teebeutelchen.«
Tante Elsa sah die kleinen Säckchen argwöhnisch an. Sie war eine Frau, bei der weder Konserven noch löslicher Kaffee noch sonst etwas Ähnliches auf den Tisch kam. Und nun gar Kunststoff. Und in den Tee hinein. »Sind die auch gesund?« fragte sie ängstlich.
»Ich denke schon«, lachte Frau Schmoll. »Ich zumindest habe noch nie etwas von kranken Tea-bags gehört. Hohoho!« Tante Elsa zuckte zusammen. Lautes Lachen machte sie nervös.
Frau Schmoll hatte zwei Tassen auf den Tisch gestellt, hatte in jede Tasse einen Tea-bag gegeben und heißes

Wasser drübergegossen. »Was nehmen Sie in den Tee? Rum oder Kognak?« Tante Elsa wurde blaß. »Milch oder Zitrone«, sagte sie schüchtern. »Habe ich nicht im Haus«, bedauerte Frau Schmoll. »Wenn Sie mir folgen, nehmen Sie Kognak.« Sie schüttete Tante Elsa eine tüchtige Portion Kognak in den Tee. »Eine gute Marke. Den hat schon mein Seliger getrunken. Er war Hamburger. Seemann. Erster Offizier auf einem Überseedampfer. Der verstand was vom Trinken. Eine Flasche pro Tag. ›Du solltest nicht soviel trinken‹, sagte ich immer. ›Du solltest Muttchen auch was davon lassen.‹ Hohoho!« Sie lachte, daß die Tassen zitterten, und goß sich vier Portionen Kognak in den Tee. »Nehmen Sie auch noch ein bißchen«, sagte sie zu Tante Elsa und goß ihr auch zwei Portionen ein. »›Wenn du nicht trinken würdest‹, sagte ich oft zu meinem Mann, ›könntest du heut Kapitän sein.‹ Drauf sagte er immer: ›Laß man! Wenn ich trinke, bin ich Admiral!‹ Hohoho!« Das Lachen drang Tante Elsa bis in die Hühneraugen.
»Ich habe Ihnen ein Stück Biskuit mitgebracht«, sagte sie gehemmt. »Hausgemacht.«
Die andere sah sie an wie ein Wesen, das eben einer fliegenden Untertasse entstiegen war. »Biskuit?« fragte sie. »Da!« Sie stellte eine Porzellanschüssel auf den Tisch. »Ich esse Schweinebraten zum Tee.« Tante Elsas Magen krampfte sich zusammen, als wollte er sagen: Bitte nicht! »Schweinebraten«, meinte sie zaghaft, »hat mir mein Arzt verboten.«
»Ach, hören Sie doch nicht auf die Ärzte!« beruhigte sie Frau Schmoll. »Wenn ich den Mitteln gefolgt wäre, die mir die Ärzte gegeben haben, wäre ich heute tot.«
»Wieso?« erkundigte sich Tante Elsa.
»Weil ich sie zum Fenster hinausgeworfen habe. Hohoho! Nehmen Sie nur!«
Tante Elsa nahm ein Stück von dem Braten, Frau Schmoll legte noch zwei Stück dazu. »Essen Sie!«

Untersteh dich, drohte Tante Elsas Magen, aber sie wollte die Dame nicht beleidigen. Sie aß ein Stück Schweinebraten und trank einen großen Schluck Tee hinterher. Frau Schmoll goß sofort nach, und zwar aus der Kognakflasche.

»Lassen Sie!« wehrte Tante Elsa ab. »Ich fürchte, ich werde nicht schlafen können.«

»Da verrate ich Ihnen ein gutes Schlafmittel: Zuerst nehmen Sie ein Glas Glühwein, dann nehmen Sie ein heißes Bad, und dann schauen Sie sich das Fernsehprogramm an. Hohoho!«

»Hihi!« lachte nun auch Tante Elsa. Sie fühlte sich plötzlich so leicht. Ob das vom Tee oder vom Schweinebraten kam? An den Kognak dachte sie nicht mehr.

»Ja, die Ärzte!« setzte Frau Schmoll das vorher unterbrochene Gespräch fort. »Als ich jung verheiratet war, hatte ich mit den Nerven zu tun. Damals verbot mir der Arzt jede Aufregung, sogar das Küssen. In dieser Zeit küßte ich nur meinen Mann — das regte mich nicht auf. Hohoho!« Die Porzellanschüssel auf dem Tisch zitterte.

»Diese Männer!« seufzte Frau Schmoll und gewährte sich einen weiteren Kognak. »Als man mir einmal erzählte, daß mein Mann im Klub immer mit seinem Glück bei Frauen renommiere und daß er seinen Freunden Ratschläge gebe, wie sie es zu machen hätten, sagte ich bloß: ›Laßt ihn! Die es können, tun es, und die es nicht können, unterrichten!‹ Hohoho!« Eine Glühbirne löste sich aus dem Luster und fiel auf den Tisch. Tante Elsa fand das äußerst lustig. Sie hatte inzwischen noch einen Kognak getrunken.

»Pröstchen!« sagte Frau Schmoll.

»Prost!« kicherte Tante Elsa.

»Sag doch ›du‹ zu mir!«

»Du!« Die beiden tranken einander zu.

»Warst du auch mal verheiratet?« fragte Frau Schmoll.

»Nein.« Tante Elsa schüttelte verlegen den Kopf. »Ich war

zu schüchtern. Wenn ich so dasaß und dachte, fühlte ich, daß ich rot wurde.«
»Da hättest du eben an etwas anderes denken sollen. Hohoho!« Diesmal klirrten die Fenster, und unter der Wucht des Lachens fiel ein Bild von der Wand.
Tante Elsa gluckste verschämt mit. »Wann haben die Männer eigentlich angefangen, dir zu gefallen?« fragte sie.
»Als ich bemerkte, daß sie keine Frauen sind! Hohoho!« Eine Scheibe sprang, der Luster wackelte, aber Frau Schmoll schien das gewohnt zu sein. »Nimm doch noch ein Stück Braten!« sagte sie.
Nimm nur, nimm nur, höhnte Tante Elsas Magen, aber sage nicht, daß ich dich nicht gewarnt hätte.
»Er ist ganz frisch«, setzte Frau Schmoll fort. »Das Schwein wurde erst gestern geschlachtet.«
Tante Elsa erblaßte. Sie war Mitglied des Tierschutzvereins und fand jedes Tier süß. Vom Floh über den Ameisenbär bis zum Rhinozeros. Sie sah im Geist das frisch geschlachtete Schwein. Es hing an einem Fleischerhaken und blickte sie vorwurfsvoll an. Na? lachte der Magen schadenfroh und rieb sich in Ermangelung von Händen die Schleimhäute.
Frau Schmoll wurde besorgt. »Was hast du denn? Du bist plötzlich so bleich.«
»Ich glaube, es ist besser, wenn ich gehe«, sagte Tante Elsa zittrig. »Ich bin das alles nicht gewohnt ...«
Frau Schmoll begleitete sie zur Tür. »Auf Wiedersehen! Und laß dich wieder mal anschauen, altes Mädchen!«
Unsicher ging Tante Elsa die Treppe hinunter. Auf der Straße nahm sie ein Taxi, fuhr nach Hause und legte sich ins Bett.

Inserat: »Welche gütige, ältere Dame würde sich um meine Tante Elsa kümmern? Zuschriften unter ›Guter Engel‹ an die Administration.«

Es ist etwas eigenes um die ungarische Seele. Wenn der Ungar lustig ist, singt er traurige Lieder, wirft ein paar Gläser zu Boden, und hat die Stimmung ihren Höhepunkt erreicht, wirft er eines davon gegen einen Spiegel.

Árpád, der singende Geiger

Eines Tages las ich in der Zeitung, Rubrik »Wohin heute abend?«, ein neues Inserat: »Bakony-Csárda, ungarische Spezialitäten, Zigeunermusik, Teleki Árpád, der singende Geiger.« Und da ich ein Fan von ungarischem Essen und ungarischer Musik bin, fuhren wir am Abend los. Wenn ich sage wir, meine ich die Robinsons, meine Frau und mich.
Die Bakony-Csárda befand sich im Burgenland, nicht weit von Wien und nahe der ungarischen Grenze. Beängstigend nahe. Wenn bei einem Fußballmatch jenseits der Grenze der Ball ins »Out« fiel, lag er auf österreichischem Boden.
Das Lokal war typisch ungarisch, rustikaler Stil, Kukuruz und grüner Paprika hingen an den Wänden, die Tischtücher waren rot-weiß-grün, in einer Ecke spielte eine kleine Zigeunerkapelle — Zimbal, Baß und zweite Violine —, die erste Violine spielte Teleki Árpád, der singende Geiger. Er stand an einem Tisch, wo er einem bereits sehr melancholisch dreinschauenden Gast das Lied vom »traurigen Sonntag« ins Ohr sang, und fiedelte, jene Weise, die bekanntlich einige unglücklich Verliebte zum Selbstmord getrieben haben soll.

Wir widmeten uns dem Essen: Ungarische Gulyassuppe, Kalbspörkölt mit Tarhonya, Topfenhaluska und — »Was werden die Herrschaften trinken?« — natürlich Tokayer. Plötzlich stand er an unserem Tisch. Er: Teleki Árpád. Jetzt hatte ich erst Zeit, ihn näher zu betrachten. Er sah aus wie der Zsupán im »Zigeunerbaron«, hatte schwarzes gewelltes Haar und einen ebenso schwarzen aufgezwirbelten Schnurrbart.

Mit einem verbindlichen Lächeln verbeugte er sich und fragte: »Wünschen Herrschaften Musik, bitte schön?«

»Ja«, sagte meine Frau. »Aber nichts Trauriges.«

»Teschek kérem!« lächelte Árpád. »Werde ich spielen lustiges ungarisches Volkslied: ›Becsület az aranyszinü napsugaras bázamezön‹, was heißt auf deutsch: ›Ähre auf Kornfeld, was hat Gold von Sonne!‹« Er machte seinen Kollegen ein Zeichen, der Zimbalspieler fuhr wie ein Verrückter über die Saiten seines Instruments, Árpád setzte die Geige an, setzte sie aber sofort wieder ab. »Verzeihen«, sagte er, »muß ich erst erklären Text auf deutsch, weil wenn man nicht versteht, ist nicht so lustig. Junger Bursch liebt Mädchen, was ist von Pußzta, und sagt, daß ist so schön wie rote Mohnblume auf Wiese. Mädchen, was ist sehr geschmeichelt vorüber, sagt . . .« (er murmelte einige ungarische Sätze) ». . . was heißt auf deutsch — dasselbe.« Der Zimbalspieler fuhr wieder über die Saiten. Árpád setzte die Geige an, aber er setzte sie auch diesmal wieder ab. »Verzeihen«, sagte er, »aber hab ich vergessen: Vater von Mädchen, was ist Pferdezüchter, sieht nicht gern, daß Mädchen Bursch liebt, und sagt: ›Hinaus von mir, elende Hendelfanger!‹« Er gab der Musik ein Zeichen, setzte die Geige an, setzte sie aber auch diesmal wieder ab.

»Verzeihung«, sagte er, »hab ich vergessen, daß Bursch ist bei Militär und kommt zu spät in Kaserne, wo Trompeter schon hat geblasen Zapfenstreich. Hauptmann sperrt Bursch in Arrest, und alte Mutter, was hat, weint sich

Augen aus.« Seine Stimme war umflort, ich sah auf meine Frau und bemerkte, daß sie nasse Augen hatte.

»Teschek kérem!« Zeichen zur Musik, Zimbal, Geige an, Geige ab.

»Verzeihung«, begann er wieder, »hab ich vergessen: Mädchen, was aussieht wie rote Mohnblume auf Wiese, will keinen andern heiraten als Bursch. Bursch weiß das und flüchtet aus Gefängnis.«

Meine Frau begann zu schluchzen. Frau Robinson nahm ein Taschentuch, trocknete ihre Tränen und fing selbst zu weinen an.

»Teschek kérem!« Árpád konnte nur noch mit Mühe sprechen, aber er unterdrückte die aufsteigenden Zähren. Er winkte der Musik, das Zimbal begann, Árpád legte die Geige unters Kinn, aber er unterbrach sich wieder.

»Verzeihung«, wimmerte er, »hab ich vergessen zu sagen, daß Vater von Mädchen, was aussieht wie rote Mohnblume auf Wiese, hat Gewehr, was immer hängt über Bett. Mond scheint, wenn Bursch steigt durch Fenster in Zimmer von junge Mädchen, was aussieht wie rote Mohnblume auf Wiese.« Meine Frau wurde von Schluchzen geschüttelt, Frau Robinson wischte sich dauernd die Augen aus, so daß sich ihr blauer Lidschatten mit der schwarzen Wimperntusche vermischte, wodurch auf ihren Wangen eine blau-schwarze Koalition entstand, und — war denn das möglich — ich sah, daß Robinson die Lippen zusammenbiß, um nicht laut aufzuheulen. Er — ein Rechtsanwalt und Sohn eines Steuerberaters — weinte!

»Teschek kérem!« Das Zimbal spielte, aber Árpád winkte ab. Mit tränenerstickter Stimme sagte er: »Verzeihung, aber hab ich vergessen zu sagen: Vater hört Geräusch, kommt in Zimmer von Mädchen, was aussieht wie rote Mohnblume auf Wiese, und will erschießen junge Bursch.« Länger konnte er seine Tränen nicht zurückhalten. Sie flossen in Strömen, meine Frau und Frau Robinson wein-

ten mit ihm, Robinson hielt die Hände vor die Augen, während mir das bittere Naß in den Mund floß.
»Bursch zieht Pistole«, fuhr Árpád, am ganzen Körper zitternd, fort. »Mädchen stürzt dazwischen — Vater und Bursch schießen auf Mädchen — Mädchen fällt getroffen auf geliebte ungarische Heimaterde — Bursch sagt ihr, daß aussieht wie rote Mohnblume auf Wiese, aber ist zu spät. Mädchen stirbt.« Meine Frau und Frau Robinson umarmten einander und trösteten sich gegenseitig. Robinson stürzten die Tränen in Bächen aus den Augen, während ich mir das Taschentuch in den Mund stopfte, um nicht laut aufzuschreien. Árpád wollte noch einmal zu spielen beginnen. Mit bebender Hand hob er die Geige, ließ sie aber gleich wieder sinken.
»Verzeihung, hab ich vergessen — Bursch wird gearretiert und kommt vor Kriegsgericht, wo wird erschossen.«
»Nein!« schrien wir vier auf. Aber Árpád kannte kein Erbarmen. Nicht mit sich — nicht mit uns.
»Verzeihung«, jammerte er, »hab ich vergessen. Mutter sitzt grad bei ungarischer Bohnensuppe, wenn hört, daß Sohn ist tot. Tränen fließen in Suppe hinein — und —«
Er gab auf. »Kann ich nicht singen lustiges Volkslied«, sagte er, »weil ist zu traurig!«

Wir fuhren nach Wien zurück und gingen, um wieder in gute Stimmung zu kommen, in unsere Stammbar. Die Musiker sahen unsere verweinten Gesichter, berieten kurz miteinander, dann kam der Geiger an unseren Tisch und spielte »Becsület az aranyszinü napsugaras bázamezön«, was heißt auf deutsch: »Ähre auf Kornfeld, was hat Gold von Sonne!«

Ein Mann, der eine Uhr stiehlt, ist ein Dieb – ein Mann, der einen Sketch stiehlt, ist ein Plagiator.

Die Reise um die Erde

Außer einem Satelliten geht nichts so schnell um die Erde wie ein Kabarett-Sketch. Wieso? Ich werde es Ihnen erklären: Nehmen wir an, in einem Sketch gibt es sechs Rollen, man benötigt also sechs Darsteller. Jeder dieser sechs bekommt ein Manuskript, aus dem er die Rolle lernt. Auf der ersten Spalte dieses Manuskripts findet man gewöhnlich einen Stampiglienaufdruck: »Dieses Manuskript ist Eigentum des Kabaretts Soundso und muß nach Gebrauch an den Besitzer zurückgestellt werden.« Das ist klar. Ebenso klar ist es, daß ein solches Manuskript in der Geschichte des Kabaretts noch niemals zurückgestellt wurde. Warum nicht? Sie werden es sofort begreifen. Die Saison ist vorüber, das Ensemble zerstreut sich in alle Winde, und jeder der sechs Künstler, die in dem Sketch aufgetreten sind, hat ein Manuskript davon in der Tasche, im Koffer, unterm Hut — wo er will. Wenn wir nun, um es kurz zu machen, die Darsteller mit A, B, C, D, E und F bezeichnen, so geht A nach G, B nach H, C nach I, D nach J, E nach K und F nach L. In allen diesen Orten, von G bis L, wird nun der Sketch aufgeführt. Etwas verändert, unter einem andern Titel, auch der Autor bekommt einen andern Namen, und zwar den des Schauspielers, der den Sketch bringt, und wieder bekommen fünf Personen je ein Manuskript — fünf, weil ja der »Autor« bereits eines hat —, und da wir sechs Orte haben — fünf mal sechs ist dreißig —, sind nun bereits dreißig Menschen im Besitz eines Manuskripts. Und wieder ist die Saison zu Ende, wieder zerflattert das Ensemble, wieder wird der Sketch gespielt, diesmal schon an dreißig verschiedenen Orten, wieder wird er etwas verändert, bekommt einen andern Titel, einen andern Autor, wieder bekommen dreißig mal fünf Schauspieler je ein Manuskript, das bedeutet, daß bereits hundertfünfzig Künstler im Besitz des Sketches sind. Beim nächsten Mal sind es siebenhundertfünfzig, dann 3750, dann 18.750, und in ein paar Jahren halten wir bei 468.750 Schauspielern, von denen jeder ein Manuskript des Sketches hat. Und das geht noch weiter, und der arme Autor — in diesem Fall ich — sitzt zu Hause, weiß von nichts und bekommt nicht einmal Tantiemen. Aber einmal machte ich den Herrschaften einen Strich durch die Rechnung.

Ich verbrachte eine Woche in Badgastein. Am Samstag abend gab es ein Gastspiel der Bauernbühne »Die lustigen Brunntaler«. Ich beschloß hinzugehen. Da — was war das? Das kommt mir doch bekannt vor? Richtig! Das war mein Sketch »Wie geht es Ihnen?«! Allerdings etwas verändert. Der Titel war »Der Wilderer im Himmelbett«, aus dem Generaldirektor war ein Förster geworden, Harald und Elfi hießen Seppl und Mirzl, aus dem Diener hatte man einen Knecht und aus dem Stubenmädchen eine Magd gemacht. Der Autor hieß Ferdinand Kramlechner, er war der Direktor und spielte auch mit. In der Pause ging ich hinter die Kulissen und verlangte ihn zu sprechen.

»Ja?« kam er auf mich zu.

»Sie spielen da einen Sketch ›Der Wilderer im Himmelbett‹.«

»G'fallt er Ihnen? Der is von mir«, sagte Kramlechner.

»Wirklich?« fragte ich mit einem Blick, der dem hartgesottensten Mörder ein Geständnis entlockt hätte.
»Das hoaßt«, beeilte er sich zu erwidern, »die Idee is net von mir, aber sonst all's.«
»Und wo hatten Sie ihn her?« inquirierte ich weiter.
»In Berlin hab i ihn im Radio g'spielt. Mit'm Bamberger.«
Ich fuhr nach Berlin. Im RIAS spielte man mir das Tonband der betreffenden Sendung vor. Es war mein Sketch. Bamberger hatte den Generaldirektor zu einem Geheimrat umfunktioniert, Harald und Elfi hießen Heinz-Dieter und Gundula, der Diener war ein Neffe, das Stubenmädchen eine Nichte, die der Neffe immer mit »dufte Biene« und »ulkige Nudel« ansprach. Aber sonst war es mein Sketch.
Ich rief Herrn Bamberger an.
»Ja?« meldete sich eine Stimme am anderen Ende des Kabels.
»Ich habe im Radio Ihren Sketch ›Nanu Mensch, wat 's los?‹ gehört. Stammt der wirklich von Ihnen?«
»Ja, ja«, beteuerte er etwas zögernd.
»Wirklich?« fragte ich, und meine Stimme hatte einen gewissen Bombenattentatsankündigungston.
»Das heißt«, zog er zurück, »die Idee ist nicht von mir, aber ich habe ihn neu geschrieben und etwas abgeändert.«
»Und woher hatten Sie ihn?«
»Moment mal, lassen Sie mich nachdenken — hab's schon! In Paris spielte ich ihn mit Larroux, in französischer Sprache. Mein Vater war Elsässer, und so spreche ich gut französisch. Der Sketch hieß damals ›Cherchez la femme!‹, und gespielt wurde er — warten S' mal — ja! In der ›Femina‹!«
Ich fuhr nach Paris. Die »Femina« gab es nicht mehr, aber Larroux gab es noch.
»Ich habe in Berlin Ihren Sketch ›Cherchez la femme!‹ im Radio gehört«, begann ich. »Er hat mir sehr gut gefallen.«

»Oh!« sagte er begeistert. »Das verzückt mich sehr, Monsieur! Und was Sie wünschen?«
»Ich wünsche, Ihnen zu sagen, daß dieser Sketch von mir ist!«
Er erblaßte. »Pardon!« entschuldigte er sich. »Ick 'aben nur genommen der Idee, alles andere ick 'aben vergeändert.«
»Und woher wußten Sie überhaupt von dem Sketch?«
»Ick 'aben ihn gespielt in Südvietnam, als es noch war französisch. Es war in Saigon, der Autor dort 'ieß Desmoulin, der Sketch 'ieß ›La Grande Nation‹, und das Cabaret, in dem wir 'aben gespielt, 'ieß ›Les Grisettes‹.«
Ich flog nach Saigon. Nord- und Südvietnam waren noch mitten im Krieg. Ich landete mit einem Hubschrauber, schlich mich durch beide Linien, wurde gefangen, verbrachte einen Monat in einem Vietkong-Lager, es gelang mir zu fliehen, der Krieg war zu Ende, ich fand Desmoulin in einem zerschossenen Keller. Er war ein alter Mann.
»Erinnern Sie sich an Ihren Sketch ›La Grande Nation‹?«
»O ja!« sagte er mit leuchtenden Augen.
»Er war von mir!«
»Oh!« Das Leuchten erlosch. »Verzeihen Sie einem armen alten Mann. Ick 'aben wirklich nur genommen der Idee, alles andere war von mir. Aus dem Maler ick 'aben gemacht einen französischen General, Pierre 'ieß Alain, Angèle 'ieß Jeanne und war der Jungfrau von Orléans, der Obstverkäufer 'ieß Tschon-Mang — er war bereits bei die Vietkong —, und Georgette war Mascha, russische Geheimagentin.«
In meinem Kopf ging es durcheinander. Maler? Pierre? Angèle? Obstverkäufer? Georgette? Er mußte den Sketch von einer Nebenlinie bekommen haben. Schließlich gab es 468.750 Manuskripte.
»Woher hatten Sie diesen Sketch?« fragte ich ziemlich barsch.

»Ick 'aben ihn gespielt in New York in englischer Sprache. Ma mère — meine Mutter — war Engländerin. In New York, der Sketch 'aben ge'eißen ›What's cooking, honey?‹, und aufgeführt 'aben ihn Bob Henning in Cabaret ›Mouse-trap‹.«

»Merci!« Ich ging auf die Straße, wurde als Ausländer verprügelt und nach Nordvietnam abgeschoben. Von dort gelangte ich, nach vielen Abenteuern, über China und die Mongolei in die Sowjetrepublik. Dort saß ich fest. Ein Jahr lang ging meine traurige Geschichte durch alle Illustrierten der Welt, der Papst und die UNO setzten sich für mich ein, Hunderte Menschen boten sich den Sowjets an meiner Stelle an, in allen Hauptstädten Europas gab es Protestdemonstrationen, bis ich endlich, durch die Vermittlung der USA und des Präsidenten persönlich, gegen einen sowjetrussischen Spion ausgetauscht wurde. Ganz Amerika sprach von mir, ich erschien im Weißen Haus, gab TV-Interviews — nach einer Woche kaperten Piraten einen Ozeanriesen und nahmen die Freiheitsstatue als Geisel — ich war vergessen. Ich flog nach New York, meinem ursprünglichen Ziel, und begab mich sofort in die »Mouse-trap«.

»Hey!« begrüßte mich ein Herr erstaunt. »Aren't you Mr. Wiener?«

»Yes«, sagte ich. Wahrscheinlich kannte er mich vom Fernsehen.

»Sie waren hier ten years ago?«

»Yes ... ich war vor zehn Jahren hier.«

»Gut, Sie kommen wieder. Sie haben damals gestohlen meinen Sketch ›America for ever!‹ und haben ihn aufgeführt in Vienna. Aus dem Südstaaten-Colonel haben Sie gemacht einen Generaldirektor, Tommy and Shirley Sie haben genannt Harald and Elfi, aus dem Cowboy Sie haben gemacht einen Diener und aus der Farmersfrau ein Stubenmädchen. Habe ich recht?«

»Ja«, sagte ich zitternd, »aber alles andere war von mir. Ich habe bloß die Idee genommen.«
»All right!« sagte er nicht sehr freundlich.
Ich wurde angeklagt wegen Plagiats, man nahm mir den Paß ab, ich sah mich bereits auf dem elektrischen Stuhl. Zum Glück stellte mir die Österreichische Botschaft einen tüchtigen Anwalt, der nachweisen konnte, daß der Sketch von Johann Nestroy war, der ihn nach einem Lustspiel von Goldoni geschrieben hatte, Goldoni hatte die Idee bei Molière entdeckt, Molière bei Lin Pu (chinesischer Dichter, gest. 1026) und Lin Pu bei Aristophanes.

Ich wurde freigesprochen und doch — es gibt Dinge, denen man nicht auf den Grund gehen sollte.

Mit den Ideen ist es wie mit den Frauen. Wenn man glaubt, man hat eine, hat sie schon ein anderer gehabt. Das gilt nicht für Joschi. Seine Ideen sind jungfräulich. Zum Beispiel:

Der Hausrundfunk

»'n Morgen!«
»'n Morgen, Joschi! Setz dich!«
Joschi nahm mir gegenüber vor dem Schreibtisch Platz, stellte einen Kassettenrecorder vor mich hin und sagte: »Das ist es.«
»Was?«
»Meine Zukunft. Die Idee meines Lebens.« Ich verstand nicht. »Paß auf!« begann Joschi zu erklären. »Wir wissen, wie es auf dem Mond aussieht, wir wissen, was auf der Welt geschieht, wir wissen, was in Amerika passiert, in Asien, in Afrika, Australien und Europa, in Österreich, in Wien, in unserm Bezirk. Aber wissen wir, was sich in unserer Nachbarschaft, in dem Haus, in dem wir wohnen, ereignet?«
»Nein.«
»Na also. Und *das* ist meine Idee. Der Hausrundfunk.« Ich sah ihn verständnislos an. »Du verstehst mich nicht«, setzte er mitleidig fort, »aber tröste dich, es hat mich noch keiner verstanden. Würde es dich nicht interessieren, wie es bei deinem Nachbarn, wie es über dir oder unter dir zugeht?«

»Mich nicht. Vielleicht meine Frau.«

»Siehst du. Weißt du, wie viele Wohnungen es in meinem Haus gibt?« Ich wußte es nicht. »Zwölf. Zehn davon sind von Ehepaaren bewohnt, eine gehört einem Junggesellen, eine einer Dame, die fast nie zu Hause ist. Das heißt, in zehn Wohnungen gibt es Frauen, die an meiner Idee interessiert sein werden.«

»Ja, aber — —«

»Was *ist* das für eine Idee, willst du fragen. Also: Ich richte auf dem Dachboden des Hauses, in dem ich wohne, eine kleine Sendestation ein. Personal: ein Techniker und ein Sprecher. In den Wohnungen werden Mikrofone angebracht, und nun sende ich für die Hausbewohner alles, was sich in den einzelnen Wohnungen abspielt. Dazwischen mache ich es wie alle Radiostationen. Ich sende Nachrichten, Schallplatten, Tonbänder, Schallplatten auf Tonbändern und Tonbänder auf Schallplatten. Dafür hat jeder Teilnehmer fünfzig Schilling pro Monat zu bezahlen.«

»Ja, aber, Joschi«, gab ich zu bedenken, »das sind bei zehn Wohnungen fünfhundert Schilling im Monat. Davon kannst du doch nicht leben.«

»Armer Bub!« sagte Joschi teilnahmsvoll. »Mein Hausrundfunk beschränkt sich doch nicht nur auf *mein* Haus. Weißt du, wie viele Häuser es in Wien gibt?« Ich wußte es nicht. »Hunderttausende, mit Hunderttausenden Wohnungen und Hunderttausenden Frauen. Außerdem kann ich den Hausrundfunk in allen Bundesländern einrichten. In allen Staaten. In der Schweiz, in der Bundesrepublik, in Holland, in Amerika, Kanada, Senegal und Uganda. Das sind nur die, die mir momentan einfallen.«

»Werden aber die Hausbewohner erlauben, daß du Szenen aus ihrem Privatleben sendest?«

»Das laß nur meine Sorge sein. Und damit du siehst, wie interessant mein Projekt ist, habe ich dir eine Probeaufnahme mitgebracht.«

Ich starrte ihn an. »Du hast schon —?« fragte ich.
Joschi nickte. »Diesmal allerdings noch ohne Bewilligungen. Herr Krupetz, unser Hausbesorger, hat Wanzen in die Wohnungen geschmuggelt — —«
»Wanzen?«
»So nennt man die kleinen Empfangsapparate, die man unbemerkt anbringen kann. Du wirst staunen, wie reizvoll mein Programm ist. Die Stimmen klingen noch etwas verzerrt — mit richtigen Mikrofonen wird das besser. Paß auf!« Er drückte auf einen Knopf, und schon hörte ich seine Stimme: »Hier ist der Rundfunk des Hauses Maringerstraße zwölf. Die Zeit: Es ist in zehn Sekunden acht Uhr — in fünf Sekunden —« (ich hörte einen Gongschlag) — »acht Uhr. Die Nachrichten.« Joschi berichtete über die letzten politischen Ereignisse in aller Welt und setzte fort: »Und nun die Hausnachrichten. Wir schalten um auf Tür Nummer eins — zu Herrn und Frau Borger.« Ich hörte eine schwache Stimme, die Herrn Borger gehören mußte. »Setz dich an mein Bett, Ilse«, sagte Herr Borger, »ich muß dir, ehe ich sterbe, ein Geständnis machen.« Sesselrücken, dann weiter: »Erinnerst du dich an den Sommer, den ich allein, ohne dich, in Velden verbracht habe?«
»Ja«, schluchzte Frau Ilse.
»Ich habe dich damals betrogen, Ilse«, ließ sich Herr Borger wieder vernehmen. »Kannst du mir, angesichts des nahen Todes, verzeihen?«
»Ja«, sagte Ilse traurig und setzte bissig hinzu: »Aber wehe dir, wenn du gesund werden solltest!«
»Wir gehen weiter«, hörte ich Joschi wieder, »und schalten um auf Tür Nummer zwei.«
Man hörte, wie jemand schüchtern an eine Tür klopfte und wie diese Tür bald darauf geöffnet wurde.
»Mein Name ist Traskowitsch«, sagte eine Männerstimme sehr zaghaft. »Ich bin Ihr Wohnungsnachbar.«
»Oh«, meinte eine andere Männerstimme bedauernd, »ent-

schuldigen Sie, wenn ich Sie durch mein Hämmern gestört habe. Ich habe einen Nagel in die Wand geschlagen.«

»Das ist es nicht«, sagte die zaghafte Stimme wieder. »Ich wollte Sie nur fragen, ob es Ihnen etwas ausmachen würde, wenn ich auf die andere Seite des Nagels ein Bild hänge?«

»Nicht schlecht«, sagte ich, aber schon kam wieder die Stimme Joschis:

»Und nun ein Schluck Tonta, der alkoholfreien, zischfrischen Erfrischungslimonade in der lustigen Flasche. Jetzt, mit sechs Strohhalmen, für die ganze Familie. Tonta — die Königin mit Zitronengeschmack!« (Schau, dachte ich, Werbung. Ein nicht zu verachtender Nebenverdienst!) Und schon setzte Joschi fort: »Liebe Hörerinnen und Hörer, wir schalten um auf Tür Nummer drei.«

Großer Krach.

»Bist du verrückt geworden?« schrie eine schrille Frauenstimme. »Einen Geschäftsfreund lädst du zum Essen ein? Die Bedienerin ist nicht gekommen, die Zwillinge sind krank geworden, der Bub hat den Vorzimmerspiegel zerbrochen, ich komme nicht dazu, mich zu frisieren, außerdem ist der Eisschrank leer, ich habe nichts, was ich kochen könnte . . .«

»Deshalb habe ich ihn ja eingeladen«, sagte eine beruhigende Männerstimme. »Er will unbedingt heiraten, und da wollte ich ihm zeigen, wie das ist.«

»Sehr gut!« lachte ich. Joschi drückte auf einen Knopf — der Hausrundfunk war ausgeschaltet.

»Ich wollte dich ja nur eine Probesendung hören lassen«, meinte Joschi.

»Und warum?«

»Mir ist das Betriebskapital ausgegangen, und so habe ich mich entschlossen, eine GmbH zu gründen. Pro Aktie tausend Schilling. Fünf Stück wären noch zu haben.«

»Das müßte ich erst mit meiner Frau besprechen.«

»Dann ist es zu spät. Ich bin Doktor Robinson im Wort.«
Ich stutzte. Wenn Robinson Geld investieren will, muß es eine sichere Sache sein.
»Gut«, sagte ich und griff in die Schreibtischlade, »da hast du fünf Tausender.«
»Danke«, meinte Joschi, »du bekommst sie zurück.«
»Zurück?« Ich war baff. »Ich denke, du gibst mir Aktien?«
Joschi schüttelte den Kopf. »Ich hätte dir gern welche gegeben, aber die Idee mit dem Hausrundfunk war nicht durchführbar.«
»Und die Probesendung?« fragte ich fassungslos.
»Habe ich für dich gemacht. Die Männerstimmen habe *ich* gesprochen ...«
»Und die Frauenstimmen?«
»Auch.«
»Und nur um das Geld zu bekommen, hast du dir die ganze Mühe gemacht?«
Joschi nickte. »Du siehst, was man heute für fünftausend Schilling alles leisten muß!« Er ging, mit meinem Geld in der Tasche.

Man sagt: Eine gute Idee ist Goldes wert. Ich füge hinzu: für den, der sie hat.

Die Ehe gibt es schon in der Geometrie. Manchmal findet man Dreiecke in den besten Zirkeln.

Ich betrüge meine Frau

Steve ist in Wien. Er ging mit mir zur Schule, wanderte dann nach Amerika aus und machte sich dort einen Namen. In Österreich hieß er Müller, in Amerika heißt er Miller.

Wir gaben ihm zu Ehren eine kleine Party. Joschi war da, die Robinsons und die Wronskys. Nach dem Essen zogen wir Herren uns in das Rauchzimmer zurück und nahmen vor dem offenen Kamin Platz. Um genau zu sein, wir haben kein Rauchzimmer und keinen offenen Kamin, wir gingen ins Nebenzimmer und setzten uns zum Ofen. Warum ich es dann geschrieben habe? Weil mir der Satz so gut gefällt. Ich habe ihn bei Galsworthy gelesen, und Galsworthy ist kein schlechter Mann.

Nach vielen »Erinnerst du dich noch?«, was die andern langweilte, weil sie nicht mit uns zur Schule gegangen waren, kam das Gespräch auf die Frauen. Steve — oder wie er damals hieß »Stefan« — war seit je ein schrecklicher Frauenheld. Man sah ihn immer mit schrecklichen Frauen. Und davon ist er, wie er behauptet, nicht abgegangen, obwohl er heute verheiratet ist und zwei Kinder hat.

»Erinnerst du dich?« fing er wieder an, »an die kleine Uschi?«

Ob ich mich an sie erinnerte! Sie war wie eine Blume, die ich am liebsten in ein Glashaus gestellt und angebetet hätte. Es kam nicht dazu. Ich machte sie mit Stefan bekannt, und er pflückte sie.

»Du warst Frauen gegenüber immer zu langsam«, lachte er noch heute über diese Geschichte.

»Und zu feige!« ergänzte Joschi. »Ich glaube nicht, daß er seine Frau schon einmal betrogen hat. Oder —?« wandte er sich an mich.

Alle sahen mich an.

»Gut«, sagte ich nach kurzer Überlegung. »Um den abgebrauchten Satz vom Gentleman, der genießt und schweigt, nicht wiederholen zu müssen, werde ich euch eine Geschichte erzählen. Ein Abenteuer.« Ich zündete meine Pfeife an, starrte in die Flammen des Kamins und begann. (Merken Sie den feinen Galsworthy-Stil?) »Ihr dürft nicht erwarten, daß ich Namen nenne, ich will mich auf die Anfangsbuchstaben beschränken. Sie hieß F. B. — Fridl Bernd —, und es war in G. In Graz. Ich hatte dort eine Operettenpremiere, und nach der Vorstellung gab es eine der üblichen Premierenfeiern im Hotel Steirerhof. Die Operette hatte einen ausgesprochenen Mißerfolg, da aber das Essen bereits bestellt war, mußte man diesen feiern. Als ich von meiner Knödelsuppe aufsah, sah ich SIE! F. B.! Sie war meine Tischnachbarin, war aber etwas später gekommen, weil sie sich erst abschminken mußte. Ich habe vergessen zu erwähnen, daß sie beim Ballett war. Sie war schön wie die Mona Lisa, die mir übrigens nie gefallen hat. Aber F. B. gefiel mir. Sie sehen und mich in sie verlieben war das Werk eines Augenblicks.«

»Hast du ihr das gesagt?« fragte Stefan.

»Nicht sofort«, antwortete ich. »Ich stellte mich vor und sagte: ›Heute war schönes Wetter.‹ Sie sagte: ›Ja.‹ Beim garnierten Tafelspitz mit Essigkren sagte ich: ›Man hätte das nach dem gestrigen Regen gar nicht erwartet.‹ Sie sagte: ›Nein.‹ Unsere Konversation wurde immer angeregter, und bei der Omelette surprise sprachen wir bereits von Operationen. Ihrer Tante hatte man die Gallenblase herausgenommen. Ich sagte: ›Das macht nichts, ohne Gallenblase kann man hundert Jahre alt werden.‹ Sie sagte: ›Meine Tante ist daran gestorben.‹«

»Ein unterhaltendes Gespräch«, meinte Joschi ironisch.

»Warte nur«, sagte ich. »Am nächsten Tag trafen wir uns in einem Café.«

»Uff!« machte Stefan. »Du bist ein Draufgänger geworden. Worüber spracht ihr? Über die Salk-Impfung?«

»Nein«, sagte ich. »Da sie am selben Abend in der ›Schönen Helena‹ tanzte, sprachen wir über griechische Mythologie. Ich erzählte ihr von Odysseus, von Skylla und Charybdis ...«

»Und sie?«

»Sie hielt die beiden für ein Liebespaar, aber das störte mich nicht. Im Gegenteil! Ich hütete mich, sie aufzuklären — war ja dadurch das Gespräch endlich auf das Thema ›Liebe‹ gekommen.«

»Jetzt wird's interessant«, meinte Robinson.

»Ich holte sie nach der Vorstellung ab, führte sie in eine Bar und begleitete sie dann nach Hause. Es war der letzte Abend, den ich in Graz verbringen konnte.«

Wronsky wurde ungeduldig. »Kommen Sie schon zu einem Schluß!« drängte er.

»Moment!« Ich lehnte mich zurück und blätterte genüßlich in meiner Erinnerung. Dann setzte ich fort: »Es war Mitternacht. ›Du bist süß!‹ sagte ich.«

»Und sie?« fragte Wronsky.

»Sie sagte: ›Wirklich?‹ und zog die Schuhe aus. Ich sagte: ›Du bist die schönste Frau, die ich je gesehen habe!‹«

»Und sie??« fragte Joschi.

»Sie sagte: ›Das sagst du wahrscheinlich einer jeden!‹ und zog die Strümpfe aus. Ich sagte: ›Das sage ich nur dir!‹«

»Und sie???« fragte Robinson.
»Sie sagte: ›Ich glaube dir!‹ und zog das Kleid aus. Ich sagte: ›Willst du nicht ins Bett gehen?‹«
»Und sie????« fragten alle vier mit gierigen Froschaugen.
»Sie?« wiederholte ich und machte eine kleine Pause. »Sie hauchte: ›Ja, Liebling!‹ — und legte den Hörer auf.«

»Teure Gattin! Du siehst, ich habe dich nur per Telefon betrogen, aber selbst dafür bitte ich Dich um Verzeihung! Dein Hugo.«*

* Es gibt von dieser Geschichte eine Ausgabe mit einem anderen Schluß, die ich aber nicht in meinem Haus sehen möchte.

Der Verfasser

Ich hasse das Fernsehen. Ich hasse es ebenso wie Haselnüsse und kann nicht aufhören, sie zu essen.

(Orson Welles)

Farbfernsehen

Wir besitzen keinen Farbfernsehapparat. Meine Frau mag keinen. Sie sagt, ein solcher Apparat ist schlecht für die Augen und schlecht für die Kasse, er verbraucht viermal soviel Strom wie ein anderer und muß dreimal so oft repariert werden. Sagt sie.
Heute rief Goldmann an. »Weißt du, daß ihr abends im Fernsehen seid?«
»Nein!« sagte ich überrascht. Ich hatte es wirklich nicht gewußt. »In was für einer Sendung?« fragte ich.
»›Wenn die kleinen Veilchen blühen‹. Wollt ihr zum Abendessen zu uns kommen? Wir haben einen neuen Fernsehapparat. Farbe.«
»Gut!« sagte ich erfreut. »Wann sollen wir bei euch sein?«
»Gegen sieben, damit wir noch gemütlich essen können.«
»In Ordnung.« Ich legte auf. »Wenn die kleinen Veilchen blühen« war eine Operette, Musik von Robert Stolz, meine Frau spielte eine Nachtlokalsängerin, und ich hatte das Buch bearbeitet. Das fertige Produkt hatten wir nie gesehen. Ich sagte meiner Frau, daß uns Goldmanns zu den »Veilchen« eingeladen haben, brachte ihr schonend

bei, daß wir die Sendung in Farbe sehen würden, und waren am Abend pünktlich dort. Auch Robinsons waren da und mein Neffe Ladi, der kleine Sonnenschein des Hauses.

Von einem gemütlichen Essen war natürlich keine Spur. Es gab Suppe, gedünsteten Rindsbraten mit Kartoffeln und anschließend Eis, aber um ja nichts zu versäumen, hatte man im Fernsehzimmer gedeckt, wo wir gezwungen waren, um einen kleinen Tisch herumzusitzen. Daß wir dauernd mit den Knien zusammenstießen, hätte mich nicht gestört, weit ärgerlicher fand ich es, daß Frau Robinson, mit Blick auf den Bildschirm, meine Kartoffeln aß. Dafür trank ich ihren Wein.

Wir sahen die Werbung, die Nachrichten, die Werbung, den Sport und die Werbung. Endlich erschien die Sprecherin. Sie hatte eben begonnen: »Guten Abend, meine Damen und Herren! Im ersten Programm sehen Sie jetzt die Operette — —«, als Ladi sagte: »Die Farben sind schlecht.« Er stand auf, ging zu dem Apparat, drehte an einigen Knöpfen, und richtig — die Farben veränderten sich. Gesichter wurden rot, Nasen blau, Augen violett.

»Laß das, du Lausbub!« schrie mein Schwager Goldmann, sprang auf und gab Ladi eine Ohrfeige. Ladi heulte wie ein Kettenhund, was — gemixt mit der zarten Stolz-Musik — in einem kühnen, aber nicht reizlosen Kontrast stand. »Ich werde dir zeigen, wie man das macht!« Goldmann drehte an den Knöpfen, und wieder veränderten sich die Farben. Gesichter wurden blau, Nasen violett, Augen rot.

»Lassen Sie *mich* versuchen«, sagte Robinson. »Wir haben doch das gleiche Gerät.« Er drehte an den Knöpfen, die Darsteller wurden gelb, lang und dünn. Plötzlich sah ich Johannes Heesters in einem Lift nach oben fahren. Was war das? Das hatte ich doch nie geschrieben? Und jetzt kamen Thomas Fritsch und Peter Kraus und fuhren eben-

falls im Lift nach oben. Nun begriff ich. Alle fuhren im Lift nach oben, das Bild war nicht zu halten.
»Laß doch das!« sagte Frau Robinson ängstlich. »Du wirst den Apparat kaputtmachen, wie du den unsrigen kaputtgemacht hast.«
Goldmann wurde bleich, seine Frau faßte seine Hand, als wollte sie sagen: Was immer kommen mag, ich steh zu dir!
»Keine Angst«, sagte Robinson, »ihr werdet gleich sehen.«
Nichts sahen wir. Das Bild war weg, einfach weg, wir hörten nur noch den Dialog. Plötzlich erschien etwas Giftgrünes auf dem Bildschirm, das aussah wie ein Geist, dem schlecht geworden war.
»Das sind *Sie,* Frau Cissy!« rief Frau Robinson. »Fesch wie immer!« Aber Frau Cissy entpuppte sich als Theo Lingen. Aber was für ein Theo Lingen! Sein Gesicht war grün und so langgezogen, daß ich befürchtete, er könnte mit dem Kopf den Kasten durchstoßen und oben herauskommen. Meine Frau warf mir einen wütenden Blick zu. Um das zu sehen, mußte sie hier essen, wo sie eben eine Abmagerungskur machte, bei der sie bisher bloß ein Viertelkilo zugenommen hatte. Lingen ging eine Treppe hinunter und fuhr gleichzeitig mit der Treppe hinauf. Wie er das machte? Jetzt stand das Bild still. »So!« sagte Robinson zufrieden. »Jetzt ist es da!« Und schon war es weg.
Ich schloß die Augen und lauschte dem Ton, der klar und rein aus dem Lautsprecher kam. Jetzt mußte das Chanson meiner Frau kommen. »Jetzt kommt dein Lied!« sagte ich, um sie gnädiger zu stimmen und um die andern darauf aufmerksam zu machen. Inzwischen hatte Robinson wieder an einem Knopf gedreht. Aus dem Apparat ertönte ein Kreischen, das selbst uns, die wir jahrelang in der Nähe einer U-Bahn-Baustelle gewohnt hatten, erzittern ließ. Robinson sprang zurück, er fürchtete einen Terroranschlag.

»Ich verstehe zwar nichts von solchen Geräten, aber laßt mich einmal probieren«, sagte ich. Goldmann wankte. Rechts wurde er von seiner Frau gestützt, links hielt er sich an einem Schrank fest. Ich drehte an einem Knopf, das Kreischen verstummte, der Ton war wieder in Ordnung. Daß das Lied meiner Frau inzwischen vorüber war, ist eine andere Sache. Liebes Fernsehen, bat ich im stillen, sei gut und funktioniere! Gib ein Bild, liebes Fernsehen, gib ein Bild! Gib ein Bild, und ich will nie wieder auf dich schimpfen!

Da war es. Heesters, Lingen, Kraus und Fritsch fuhren mit dem Lift nach unten, immer tiefer und tiefer. Mich packte die Wut. Elender Mist, fluchte ich, und schlug mit der Faust auf den Kasten. Der Lift änderte die Richtung und fuhr nach oben, immer höher und höher. Nun schlug auch Robinson zu, mit dem Resultat, daß der Lift jetzt schräg fuhr und die Darsteller zitterten. Meine Frau zog den rechten Schuh aus und schlug mit dem Absatz auf den Apparat ein, Frau Robinson folgte ihrem Beispiel, Ladi brachte Robinson einen Holzhammer, wie man ihn zum Nüsseknacken verwendet, Robinson packte die Wut, er drosch drauflos und traf meinen Daumen (ich werde nie mehr Klavier spielen können), meine Frau zog sich an einer herausstehenden Schraube eine Rißwunde zu, Frau Goldmann stand auf dem Fensterbrett, bereit, sich hinunterzustürzen, während Goldmann mit irrem Blick seine spärlichen Haare raufte. Da plötzlich — wie von Zauberhand berührt — war alles vorüber. Bild und Ton waren wieder klar, und da erschien auch schon die Sprecherin und sagte:

»Meine Damen und Herren! Wir bitten die Fernseher im Bereich des Senders Kahlenberg die schlechte Bild- und Tonqualität zu entschuldigen.«

Beschämt setzten wir uns hin. Es war nicht nur bei Goldmanns so gewesen, sondern im ganzen Bereich des Senders Kahlenberg. Traurig drehte Goldmann den neuen Farbfernsehapparat ab . . .

Am nächsten Tag erfuhren wir, daß er sich wegen Totalschadens nicht mehr aufdrehen ließ.
»Du hast recht«, sagte ich zu meiner Frau. »Ein Farbfernsehgerät braucht wirklich mehr Reparaturen.«

Kein telefonischer Anruf – und wäre es von Melbourne nach Wien – kann so teuer kommen wie ein Brief von Wien nach St. Pölten.

Beste Grüße

Liebe Kamilla!
Wie ich Dir versprochen habe, schreibe ich Dir gleich am 1. Tag von der Wiener Messe. Als Weineinkäufer habe ich natürlich sofort die Weinkost besucht und mich durch fast alle Sorten durchgekostet. Die heurige Qualität ist erstklassig. Eine Flasche habe ich mir ins Hotel mitgenommen, die steht jetzt neben mir auf dem Tisch, und die trinke ich, während ich Dir schreibe. Morgen ist ja Dein Geburtstag, und wenn ich schon nicht bei Dir sein kann, möchte ich wenigstens auf Dein Wohl trinken. Prost, Kamilla! Auf Deine Gesundheit! Ex! In einer Woche komme ich ja schon zurück, und dann sehen wir uns wieder. Ein Prost auf das Wiedersehen! Ex! Ich hoffe, daß seit gestern nichts passiert ist und daß es Dir und den Kindern gutgeht. Ein Prost auf die Kinder! *Zwei* Prosts auf die Kinder! Ein Prost auf den Kurt und ein Prost auf die Lilly! Ex! Wie ich Dir versprochen habe, schreibe ich Dir ... das habe ich schon geschrieben. Prost! Am Muttertag wird sicher Deine Geburt bei Dir sein. Blödsinn! Ich meine, am Geburtstag wird sicher Deine Mutter bei Dir sein. Haha, da bin ich froh, daß ich nicht dabei sein muß.

Prost auf Deine Mutter! Ex! Wie ich Dir verschrieben habe, spreche ich Dir ... ich meine, wie ich Dir versprochen habe, schreibe ich Dir ... das habe ich schon geschrieben. Ich streiche es durch und den vorhergehenden Satz auch. Was wollte ich Dir schreiben ... schreiben ... hab's schon! Wegen Deiner Mutter. Ich kann sie nicht leiden. Neineinein! Sie ist mir unsympathisch. Warum ich Dich dann geheiratet habe? Weißt Du denn nicht mehr? Ich bin vor Dir auf den Knien gelegen, und Du hast »Ja« gesagt. Dabei war mir bloß der Gugelschreiber heruntergefallen. Der Gugelschreiber ... Kugelscheiber ... Kugelschreiber. Ex! Wie ich Dir versproch habe, schreibe mir ... das habe ich schon schrieben. Ich steiche es druch. Ich bin bißchen zerstroit. Zerstroit! Haha! Zerstroiiiit! Ex! Morgen hascht Du Gebrutstag. Ich sehe das Foto vor mir, das auf der Kommode steht. Zerstroiiit! Haha! Damals warst Du zehn und bist am nächsten Tag elf geworden. Heute bist Du achtundvierzig und wirst morgen neununddreißig. Haha! Proscht! Ich sage es niemandem, es wissen es sowieso alle. Aber was macht das aus? Was macht das aus, frage ich Dich? Ich frage Dich, was macht das aus? Mein Companon ... Conapon ... Comagnon hat geschagt, Du schaust aus wie ein Filmstar. Ich habe mir gedacht, wie der Woody Allan. Hahaha! Proscht! Du, noch was: Deine Goldfische mag ich auch nicht. Die schauen mich genauso dumm an wie Deine Mutter. Aber sie können wenigschtens nicht reden. Ich habe ja nischts dagegen, daß Deine Mutter immer das letzte Wort haben will, aber es kommt so lang nach dem erschten. Wenn man die Sprache in Elektrischität umwandeln könnte, könnte Deine Mutter ganz Wien mit elektrischer Energie versorgen. Haha! Proscht! Aber eines muß man ihr lassen: Sie hat Dich gut erzogen. Du bist eine tadellose Hausfrau. Und so penibel! Zum Kotzen! Wie ich Dich nach der Hochzeit über die Türschwelle getragen habe, hast du mich schon aufmerksam gemacht,

daß ich mir die Schuhe nicht abgeputzt habe. Proscht! Ex! Ich mache jetzt Schluß, weil ich mich umziehen muß. Ich gehe am Abend mit dem Wonaschek, Du kennst ihn, in ein Nachtlokal. Striptease! Er, der Wonaschek, Du kennst ihn, sagt, daß man die Mädchen dann mitnehmen kann. Ich weiß nicht, ob er, der Wonaschek, damit recht hat. Das letztemal, wie ich in Wien war, habe ich keines mitnehmen können. Ich habe das ihm, dem Wonaschek, Du kennst ihn, gesagt. Aber er, der Wonaschek, hat gesagt, wenn er, der Wonaschek, dabei ist, kann man. Was glaubst Du? Halte mir die Daumen! Er, der Wonaschek, meint, ich werde für die Mädchen ein zu großer Schnorrer gewesen sein. Das werde ich diesmal nicht, ich habe ja noch das Geld auf der Bank, von dem Du nichts weißt. Proscht! Sex! Ex! Die Flasche ist leeeeer. Soviel habe ich jetscht getrunken und ich und ich und ich spüre nichts. Der Wein scheint nicht stark zu sein. Ich schicke Dir dieschen Brüf exprrrreß, damit Du ihn zum Gebrutschtag bekommscht.

In Liebe, Dein

Vizenz ... Vinznz ... Vinzenz

Die Ehe wurde geschieden, und zwar sehr günstig. Kamilla bekam die Kinder und Vinzenz die Putzfrau.

»Es gibt drei Dinge, die ich mir nicht merken kann. Das erste sind Namen, das zweite Zahlen und das dritte – – das hab ich schon wieder vergessen.«

(Altgraf Bobby)

Der Dings

Es gibt ein gewisses Alter, in dem man beginnt, sich an Sachen zu erinnern, die sich vor Jahrzehnten ereignet haben, während man das, was gestern, heute, ja selbst was vor einer Stunde passiert ist, vergessen hat. Die von dieser Erscheinung Befallenen nennen diesen Zustand »Zerstreutheit«, die andern nennen ihn »Senilität«. Neulich, im Kaffeehaus, saß ein Herr am Nebentisch. Gut aussehend, nicht mehr jung, Typ Aristokrat. Während ich ihn beobachtete, trat ein zweiter, ähnlicher Typ ein und ging auf ihn zu.

»Servus, Rudi!« näselte er.

»Servus, Bertschi!« antwortete der erste, ebenfalls näselnd. »Ich hab dich schon vor einer Stund erwartet.«

»Verzeih, aber der Dings hat mich aufgehalten — jetzt fällt mir der Name nicht ein — du weißt schon ...«

»Ich weiß gar nix. Was für ein Dings?«

»Aber, Rudi!« Bertschi setzte sich. »Der vom letzten Sommer.«

»Ah, der von dort unten.«

»Wieso?«

»Weil du sagst Sommer.«

»Ja, aber das war doch dort oben.«

»Du meinst den, der mit uns den Fasan gegessen hat.«
»Aber nein, die Forellen. Merkst du dir denn gar nichts mehr? Der mit der Rothaarigen.«
»Mit welcher Rothaarigen?«
»Mit der Ungarin. Du hast ihr doch die ganze Zeit den Hof gemacht.«
»Wem?«
»Der Ungarin.«
»Ich kenn keine Ungarin.«
»Ich glaub, es war gar keine Ungarin. Es war eine Estin.«
»Kenn ich erst recht keine. Wie wär denn die in unsere Gesellschaft gekommen?«
»Durch den Dings.«
»Durch was für einen Dings?«
»Von dem ich dir die ganze Zeit erzähl! Mir fällt der Name nicht ein. Dabei liegt er mir auf der Zunge.«
»Mir scheint, du bist schon senil. Namen und so Sachen vergesse ich nie.«
»Dann sag mir doch, wie er heißt.«
»Wer?«
»Der Dings vom letzten Sommer.«
»Mit dem wir in Kitz waren?«
»Das war doch im Winter!«
»Und wie hat der g'heißen?«
»Wer?«
»Der Dings.«
»Vom Sommer?«
»Vom Winter.«
»Aber, Rudi!« Bertschi wurde ungeduldig. »Jetzt wissen wir doch noch nicht einmal, wie der vom Sommer g'heißen hat.«
»Warum müssen wir denn das wissen?«
Bertschi dachte nach. »Das weiß ich jetzt auch nicht mehr.«
In diesem Moment kam ein dritter Herr zu den beiden. Gleiches Aussehen, nicht mehr jung, Typ Aristokrat.

»Servus, Kinder!« näselte er.
»Servus, Alfi!« begrüßten ihn die andern, und Rudi fügte hinzu: »Der Alfi wird's wissen.«
»Was?« Alfi setzte sich zu den beiden.
»Wie der Herr g'heißen hat, der im Winter mit uns dort unten war.«
»Hör nicht auf ihn«, sagte Bertschi, »er meint den, der im Sommer mit uns dort oben war.«
»Wer soll denn das gewesen sein?«
»Der Dings«, meinte Rudi.
»Ja, wenn ihr den Namen nicht wißt ...«
»Wenn wir ihn wüßten, würden wir ja dich nicht brauchen«, sagte Rudi. »Er ist uns entfallen.«
»Das ist typisch. Ihr solltet es so machen wie ich. Ich hab mir ein Buch gekauft: ›Leichter merken!‹ Da lernt man ein ganz neues Alphabet, das nur aus Zahlen besteht, weil der Verfasser behauptet, daß man sich Zahlen leichter merkt als Buchstaben. Wenn ich dich zum Beispiel fragen will: ›Wie geht es dir?‹, sag ich: ›243-586-87-78?‹«
»Das ist doch ein Unsinn!« bemerkte Bertschi.
»9823?«
»Was heißt das?«
»Das heißt: Wieso.«
»Das versteht doch kein Mensch!«
»Die das Buch haben, schon.«
»Sag uns lieber, wie der Dings heißt.«
»132-962.«
»Was heißt *das* wieder?«
»Das heißt ›der Dings‹.«
»Wir wollen nicht wissen, wie ›der Dings‹ heißt, wir wollen seinen Namen wissen!«
»Was ist denn los, meine Herren?« fragte ein neuer Gast, der zu den andern dreien kam. Aussehen: nicht mehr jung, Typ Aristokrat.
»Servus!«

»Servus, Vicky!« begrüßten ihn die drei.
»Weißt du, was uns der Alfi einreden will? Daß man sich Zahlen leichter merkt als Buchstaben.«
»Da kann ich nicht mitreden, ich merk mir alles.«
»Wieso?« fragte Bertschi. Und Alfi fügte hinzu: »22.421?«
»Weil mir mein Arzt ein geriatrisches Mittel verschrieben hat, bei dem wenigstens das Hirn jung bleibt.«
»Wie heißt das? Das mußt du mir verraten!« bat Rudi.
»Und mir auch!« flehte Bertschi.
»Schreibt es euch auf. Eine Kapsel am Morgen genügt, und das Gedächtnis läßt den ganzen Tag nicht nach.«
»Und wie heißt es?«
»Das heißt — Moment — das Mittel heißt — heut früh hab ich's noch auf der Flasche gelesen — das Mittel heißt — zu dumm, es hat einen ganz einfachen Namen — wartet nur, ich werd's gleich wissen — das Mittel heißt — das läßt mir keine Ruh — ich ruf meinen Arzt an . . .«
»Wer ist denn dein Arzt?«
»Der Dings.«
Ich mußte dringend fort. Auf der Straße traf ich Joschi.
»Gut, daß ich dich treffe«, sagte er. »Kannst du mir tausend Schilling borgen?«
»Leider!« bedauerte ich. »Ich hab keine Zeit. Der Dings erwartet mich.«
»Was für ein Dings?«
»Der, mit dem wir im Sommer dort unten waren.«
»Wo?«
»Wo wir die gebratenen Schmetterlinge gegessen haben.«
»Wir???«
»Aber, Joschi! Der Dings mit der blonden Freundin, die von dir ein Kind bekommen hat! 12.496! Tschau!«
Ich stieg in ein Taxi, und weg war ich.

Man soll mir nicht sagen, daß man vom Alter nichts lernen kann.

Geben ist seliger denn Nehmen – aber nicht, wenn man seekrank ist. Das erfuhren wir bei unserem

Cabaret auf hoher See

Meine Frau und ich machten eine Kreuzfahrt von Bremen zum Nordkap und wieder zurück. Eine Reise, die sich nur wenige Menschen leisten können. Wir konnten sie uns *nicht* leisten. Wieso dann doch, werden Sie mich fragen. Wir wurden angeheuert, was in der Seemannssprache soviel wie »engagiert« heißt. Wir sollten die Oberen Zehntausend, von denen ein paar Hundert auf dem Schiff waren, durch die Veranstaltung von zwei Cabaretabenden unterhalten. Der Theatersaal war intim, das Publikum erstklassig, das Wetter herrlich. Die ersten vier Tage. Am fünften Tag war unsere erste Vorstellung. Die Passagiere kannten uns bereits, sie lächelten uns zu, als wollten sie sagen »Auf heute abend!« — es war nett, wir freuten uns direkt darauf.

Am Nachmittag kam eine leichte Brise auf, eine direkte Erholung nach der bisherigen Windstille. Um 19 Uhr war das Abendessen, um 20 Uhr begann das Schiff zu schaukeln — nicht nennenswert, aber immerhin —, und um 21 Uhr begann unser Abend. Der Saal war ebenso voll wie die Magen unserer Zuschauer. Der Vorhang ging auf, wir kamen auf die Bühne, Applaus. Im selben Moment erhob sich ein Sturm, wie ihn — wie ich später hörte —

nicht einmal Sindbad, der Seefahrer erlebt haben soll. Einige Leute verließen fluchtartig den Saal — meine Frau hielt sich tapfer.

»Text und Musik aller meiner Lieder sind von Hugo Wiener«, sagte sie mit einer anmutigen Handbewegung nach rechts, wo gewöhnlich das Klavier steht. Ich betone: gewöhnlich. Es war, während ihrer Ansage, samt Hocker und mir nach links gefahren. Die Leute lachten. Meine Frau zeigte schnell nach links, ich stand auf, um mich zu verbeugen, wollte mich wieder setzen, aber Hocker und Klavier hatten die Rückfahrt angetreten, und ich saß am Boden. Wieder lachten die Leute, aber nicht mehr so herzlich. Das Schiff war eben von den Wellen hochgehoben und wieder niedergesetzt worden. Vier bleiche Menschen, die Taschentücher vor den Mund gepreßt, stürzten davon. Meine Frau gab nicht auf. Sie durfte nicht aufgeben. Laut Vertrag hatten wir zu arbeiten, solange sich ein Zuschauer im Saal befand. Das war ja der Zweck dieser Abende. Deshalb nahm man uns ja mit. Die Passagiere sollten über Situationen wie jener, in der wir uns eben befanden, mit Humor hinweggebracht werden. Meine Frau begann. Ihr erstes Chanson war der Text einer Speisenkarte, mit Musik der Ouvertüre von Rossinis »Barbier von Sevilla«. Wir hatten es uns so lustig vorgestellt, gerade auf einem Schiff, auf dem soviel gegessen wird, eine gesungene Speisenkarte zu bringen. Es war gar nicht lustig. Kaum hatte meine Frau von Zwiebelsuppe und Hummermajonäse gesungen, verließen uns mindestens dreißig Zuschauer. Wenn doch wenigstens alle gehen würden, betete ich. Lieber Gott, mach, daß alle — umsonst. Cremeschnitten und Salzburger Nockerln erledigten zwar noch ungefähr zehn, aber das war zu wenig. Es saßen immerhin mindestens noch fünfzig Menschen im Saal, die es einfach nicht wagten, aufzustehen, aus Furcht, es könnte ihnen dann noch schlechter werden. Nur vorn, in der ersten Reihe, saß ein

Mann, dem die Seekrankheit anscheinend nichts anhaben konnte. Er saß da, unterhielt sich und applaudierte.
Meine Frau war bereits gelber als ein gelbsüchtiger Chinese. Sie taumelte auf der Bühne herum, wollte auf mich zeigen, aber wo war ich! Zuerst war ich im Kreis um sie herumgefahren, dann fuhr ich zum Seitenvorhang hinaus, Matrosen brachten Klavier, Hocker und mich wieder auf die Bühne zurück, das Klavier machte sich selbständig, fuhr wieder davon, ließ mich mit dem Hocker allein, ein Windstoß schleuderte mich gnädigerweise gegen das Instrument, ich fuhr es zurück, wobei meine Frau vor den Kühler kam und noch rechtzeitig zurückspringen konnte. »Kannst du nicht aufpassen?« schrien wir beide gleichzeitig und tippten auf unsere Schläfen. »Idiot!«
Meine Frau bemühte sich, das nächste Chanson anzusagen: »Wie man eine Torte macht!« Die Leute hörten das Wort »Torte« und flüchteten in Scharen. Ein Steward, der eben hereinkam und ausrief: »An der Reling sind noch einige Plätze frei!«, wurde glatt umgerannt. Nur der Mann in der ersten Reihe blieb sitzen. Ich verfluchte ihn. Möge ihn die Seekrankheit packen und nie mehr loslassen! Jawohl, du Verbrecher, dich meine ich! Du, deine Kinder und deine Kindeskinder — ewig sollt ihr seekrank sein! Er wurde noch bleicher, aber er ging nicht. Meine Frau versuchte es mit allen Mitteln. Sie sang das »Lied vom verdorbenen Magen«, den »Song von der Hochschaubahn« sowie eine Parodie auf den Film »Das große Fressen«.
»Gib auf!« raunte ich ihr zu, während ich an ihr vorüberfuhr. Sie weigerte sich. Der Sturm, der sich zu einem Orkan ausgewachsen hatte, hob sie auf das Klavier. Jetzt konnte uns nichts mehr trennen — wir fuhren zusammen. Auch der Mann in der ersten Reihe fuhr zusammen, aber er harrte aus. Auf dem Klavier sitzend, sang meine Frau ein Lied, das ich noch nie gehört hatte. Sie machte in dieser Minute den Text, ich komponierte die Musik dazu. Es

ging: »Geh, geh, geh — es ruft dich die See!« Er ging nicht. Wir mußten ihm unser ganzes Programm vorsingen. Endlich waren wir fertig. Wir wankten zum Deck hinauf und stellten uns an die Reling, wo eben zwei Plätze freigeworden waren.
Am nächsten Tag — eitel Sonnenschein.

Natürlich begegneten wir dem Mann aus der ersten Reihe. »Mensch«, sagte er, »war mir gestern schlecht! Ich hätte Sie so gern gebeten, aufzuhören, aber ich traute mich nicht.«
»Warum trauten Sie sich nicht?« fragte ich erstaunt.
»Weil ich von der Besatzung bin. Ich bin der Mann, der dafür zu sorgen hat, daß nach Schluß der Vorstellung die Saaltüren geschlossen werden.«

Die Ehe ist eine der hervorragendsten Institutionen der Weltordnung. Sie gibt zwei Menschen Gelegenheit, sich gegenseitig als die Ursache ihres Unglücks zu bezeichnen.

Ehe — wirtschaftsfördernd

Bernstein hatte sich scheiden lassen. Warum? Weil er verheiratet gewesen war. Wir saßen im Kaffeehaus, er erzählte mir die Geschichte seiner Ehe, als Joschi eintrat und sich zu uns setzte. »Ich habe bereits gehört«, sagte er zu Bernstein. »Sie werden doch hoffentlich wieder heiraten?«

»Ich?« sagte Bernstein vergnügt. »Fällt mir nicht ein.«

Joschi sah ihn entsetzt an. »Wissen Sie, was Sie da sagen?« fragte er. »In einer Zeit der Wirtschaftskrise, in der das Geld rotieren soll, um die Vollbeschäftigung zu erhalten, wollen *Sie* ledig bleiben? Wissen Sie, daß Sie ein Volksschädling sind? Ein Parasit, der der Regierung in den Rükken fällt? Ja, Herr — was glauben Sie denn, warum diese Regierung jedem Hochzeitspaar fünfzehntausend Schilling Starthilfe gibt? Weil unsere Wirtschaft, wenn es lauter solche Menschen gäbe wie Sie, zusammenbrechen würde!«

»Das verstehe ich nicht«, sagte Bernstein.

»Ich auch nicht«, mußte ich zugeben.

»Weil ihr zwei Ignoranten seid. Ich werde es euch erklären: Nehmt nur die Trauung. Die Braut braucht ein Kleid, einen Schleier, ein Paar Schuhe, eine Brautfrisur, der

Bräutigam einen Smoking, ein Hemd und ebenfalls ein Paar Schuhe. Schneider, Schuster, Friseure haben Arbeit. Jetzt fängt es aber erst an. Jetzt kommt das Hochzeitsessen. Wenn die Schwiegereltern nur zwanzig Gäste einladen, sind das für den Restaurateur zwanzig Essen, plus Bier, Wein, Likör und Sekt, dazu die Hochzeitstorte — wenn er das zwölfmal im Jahr hat, kann er sein Geschäft erhalten. Hat er es nicht, muß er das Personal abbauen, muß mindestens einen Kellner, eine Serviererin und einen Koch entlassen — und die Arbeitslosigkeit beginnt.«

»Wieso?« fragte Bernstein kühn. »Die können doch in einem andern Restaurant arbeiten.«

»Denken *Sie!«* meinte Joschi ironisch. Dann schrie er: »Der andere Restaurantbesitzer hat doch dieselben Probleme! Aber das ist noch nicht alles! Das Paar braucht eine Wohnung, braucht Möbel, Teppiche, Beleuchtungskörper und Heizanlagen, es braucht eine Küche, einen Gasherd, einen Kühlschrank, eine Tiefkühltruhe, eine Wasch- und eine Geschirrspülmaschine, es braucht Teller, Schüsseln, Besteck, ein Kaffee- und ein Teeservice, es braucht Tischtücher, Servietten, Bettwäsche — der Schilling rollt. Rollt er nicht, gibt es auch auf allen diesen Sektoren Arbeitslosigkeit.«

Ich zerbrach mir den Kopf. Was lag Joschi daran, ob Bernstein ledig bleibt oder nicht?

»Sie bekommen ein Kind«, sagte Joschi.

»Ich?!?« fuhr Bernstein erschrocken auf.

»Das Paar, von dem wir reden. Wissen Sie, was so ein Kind braucht? Zuerst einmal einen Kinderwagen, ein Gitterbett, Babywäsche, Schnuller, Windeln, Spielzeug usw. Das Kind wird von Jahr zu Jahr größer. Es braucht immer wieder neue Anzüge, neue Schuhe, neue Mäntel. Gäbe es keine Ehe, gäbe es weniger Kinder. Also Arbeitslosigkeit auch in diesen Branchen. Und das Kind — nehmen wir an, es ist ein Bub — wird zum Mann. Er hat eine Freundin. Oder soll er *keine* Freundin haben?« Joschi

schrie, daß sich sämtliche Kaffeehausgäste nach ihm umdrehten. »Nur weil *Sie* nicht mehr heiraten wollen?«
»Nein, nein«, versicherte Bernstein schnell. »Der Bub soll eine Freundin haben.«
»Na also«, beruhigte sich Joschi. »Aber weiter: Die Freundin braucht Kleider, Wäsche, Pelze, Schmuck, vielleicht ein Auto — Ihr Sohn soll doch kein Knauser sein?«
»Gott bewahre!« sagte Bernstein schnell.
»Es kommt also wieder Geld unter die Leute. Schach der Arbeitslosigkeit! Und das ist nicht alles. Ihr Sohn wird krank.«
Bernstein erschrak. »Um Gottes willen, was hat er?«
»Nichts Ernstes. Aber die Ärzte verdienen daran, die Apotheker, die Druckereien, so ein Arzt braucht doch Tausende Rezepte . . .«
»Alle für meinen Sohn?« fragte Bernstein verzweifelt.
»Nicht für Ihren Sohn allein, er hat doch auch andere Patienten. Ihr Sohn wird heiraten.« — »Wen?«
»Das weiß ich noch nicht, aber Sie werden zufrieden sein. Und jetzt geht alles von vorne an. Das junge Paar wird getraut, braucht die entsprechende Kleidung, es braucht eine Wohnung, kriegt Kinder, muß kaufen und kaufen, man beschäftigt Arbeiter und Angestellte — die Wirtschaftskrise ist überwunden. Vorausgesetzt, Sie heiraten.«
Wo steckt der Witz, fragte ich mich. Warum will Joschi Bernstein verheiraten?
»Sie haben mich überzeugt«, sagte Bernstein. »Ich heirate wieder. Aber wen?«
»Da kann ich Ihnen behilflich sein«, meinte Joschi. »Mein Schwager hat ein Heiratsinstitut, bei dem ich beteiligt bin.« Das war es also, schoß es mir durch den Kopf. Deshalb sollte Bernstein heiraten!
»Ich kann Ihnen sofort ein paar Fotos zeigen«, sagte Joschi und zog sie auch schon aus der Tasche. »Hier. 20 Jahre, 100.000 Schilling Mitgift.«

Bernstein prüfte das Bild. »Hübsch, aber zuwenig Geld. Wenn ich noch einmal heirate, möchte ich mein Geschäft vergrößern lassen.«
»Sollen Sie! Hier — ein zweites Foto: 30 Jahre, 300.000 Schilling Mitgift.«
»Nicht so hübsch — und auch noch zuwenig.«
»Dann hätte ich da etwas«, sagte Joschi und präsentierte ein drittes Bild: »35 Jahre, eine Million.«
»Die neigt bereits zur Häßlichkeit«, stellte Bernstein fest, »und hat mir auch noch zuwenig Kohlen.«
»Dann hätten wir nur noch eine. Sie ist Witwe, 40 Jahre, zwei Millionen.«
»Und wo ist ihr Foto?« fragte Bernstein begierig.
»Bedaure«, sagte Joschi. »Ab einer Million zeigen wir keine Fotos.«

Bernstein ist heute noch ledig. Ein Grund für die schlechte Wirtschaftslage unseres Landes.

Verehrter Leser, vergessen Sie nicht, daß Ihre Frau auch in der Ehe Parfüms und Blumen liebt. Sprechen Sie manchmal davon.

Der Hochzeitstag

Und wieder einmal jährte sich unser Hochzeitstag, und wieder fragte ich mich: Was schenke ich meiner Frau? Blumen hat sie genug. Parfüm? Zu billig. Schmuck? Zu teuer. Bonbons? Ißt sie nicht wegen der Linie. Und doch war ich stark versucht, eine schöne Bonbonniere zu kaufen, man könnte sie ja Pfandls zu Weihnachten schenken. In Gedanken versunken ging ich von Schaufenster zu Schaufenster. Plötzlich blieb ich, wie man so sagt, wie angewurzelt stehen. Da — daß mir das nicht gleich eingefallen ist! Das Bild, von dem sie seit Wochen schwärmt! Da frage ich mich dauernd, was schenke ich meiner Frau — und jetzt stehe ich direkt davor. Das ist es! Ich weiß nicht, *was* es ist, aber es ist was. Es ist eine rote Scheibe auf weißem Grund, man könnte es für die japanische Flagge halten, die ist es aber nicht, weil die rote Scheibe in der Mitte einen schwarzen Stern hat wie die Flagge von Ghana. Die ist es aber auch nicht, weil die wieder keine rote Scheibe, sondern drei Querstreifen hat: einen roten, einen gelben und einen grünen. Ich ging in das Geschäft hinein — Geschäft ist untertrieben, es war eine Kunsthandlung — und erkundigte mich. Das Bild hieß »Genesis«(?), es war von einem unbekannten Maler, war

aber so teuer, als ob es von einem bekannten Maler gewesen wäre. Nichtsdestoweniger kaufte ich es. Während es der Kunstgalerist verpackte, versicherte er mir noch, daß es in ein paar Jahren den doppelten, wenn nicht den dreifachen Wert haben würde. »Wir haben es ja bei Mockstein erlebt«, fügte er hinzu. »Sie erinnern sich doch?« »Natürlich«, sagte ich. »Mockstein!« Wer ist Mockstein? Ich muß gestehen, daß ich in moderner Malerei nicht sehr bewandert bin. Ich bezahlte und verließ, mit dem Bild unter dem Arm, die Kunsthandlung.
Hoffentlich ist meine Frau nicht zu Hause, sonst wäre die Überraschung beim Teufel. Aber heute ist ja Freitag, und Freitag ist sie schon seit Jahren nicht zu Hause. Wo steckt sie eigentlich freitags? Ich muß sie einmal fragen. Vorsichtig packe ich das Bild aus, hole einen Haken und einen Hammer und gustiere. Ich werde es über die Couch hängen, aber in welcher Höhe? Ich nehme mein Augenmaß zur Hand. Das ist zu hoch, das ist zu tief — so ist es gut. Ich steige auf die Couch, in der einen Hand das Bild, in der andern den Hammer — wo ist der Haken? Den habe ich auf dem Tisch liegengelassen. Ich steige hinunter, hole den Haken, ziehe meine Schuhe aus, damit ich die Couch nicht beschmutze, und steige wieder hinauf. Wohin wollte ich das Bild hängen? Wir haben eine Blumenmustertapete, und ich erinnere mich, daß ich den Haken mitten in eine Blume schlagen wollte. Aber in welche? Da gibt es so viele Blumen. Ich glaube, *die* war es. Ich halte in der einen Hand das Bild, in der andern den Haken — wo ist der Hammer? Den hatte ich weggelegt, als ich die Schuhe auszog. Ich steige hinunter, hole den Hammer und steige wieder hinauf. Wieder finde ich die Blume nicht. Ich muß die Stelle anzeichnen. Ich steige hinunter, hole einen Kugelschreiber und steige wieder hinauf. Ich schätze ab — links — rechts — *da* ist es. Ich halte in der einen Hand den Haken, in der andern den

Hammer — wo ist das Bild? Ich hatte es unten hingestellt, während ich den Kugelschreiber holte. Schnell male ich ein ganz, ganz kleines Pünktchen an die Wand, steige hinunter, hole das Bild und steige wieder hinauf. Jetzt ist es einfach. Da ist das Pünktchen, in der einen Hand halte ich das Bild, in der andern den Hammer, den Haken habe ich zwischen den Lippen. Dummerweise nehme ich ihn grad mit der Hand heraus, in der ich das Bild halte, und da ich keinen Blick von dem Kunstwerk lasse, damit ihm nur ja nichts passiert, verliere ich das Pünktchen. Aber da ist es schon wieder. Ich halte den Haken an die Wand, genau unter die Schnur, an der das Bild hängt, schlage zu, der Hammer löst sich vom Stiel und fliegt gegen die frisch gestrichene Tür, wo er ein Stück von dem weißen Lack abschlägt, auf den meine Frau so stolz ist. Sei's drum! Gleich neben der Tür steht die Vitrine, wäre er auf die Vitrine gefallen, hätte er einen weit größeren Schaden angerichtet. Ich danke dir, lieber Gott, daß er nicht auf die Vitrine gefallen ist. Ich steige hinunter, hole den Hammer, stecke ihn mit aller Kraft auf den Stiel, steige hinauf, da ist das Pünktchen, Bild, Haken, Hammer — bum! Diesmal fällt er auf die Vitrine. Scherben klirren, ich wage nicht, mich umzusehen. Wozu auch? Ich kenne ein Geschäft, in dem man jede Art von Porzellan kunstkittet, und das Glas ist keine Angelegenheit. Also. Ich steige hinunter, hole den Hammer, wickle ein Stück Papier um das Ende des Stiels, presse den Stiel fest in den Hammer hinein, noch fester, noch fester, noch fester — jetzt kann er sich nicht mehr loslösen. Ich steige hinauf, da ist das Pünktchen, ich lege das Bild an die Wand, halte den Haken unter die Schnur, schlage zu, noch einmal, noch einmal, noch einmal — so! Ich steige hinunter, um mein Werk zu betrachten — das ist doch nicht möglich! Das Bild hing um mindestens einen Viertelmeter weiter rechts, als ich wollte. Ich steige hinauf, um das Pünktchen zu prüfen, es *war* ein Pünktchen, aber nicht von mir, sondern von einer Fliege. Was tun? Der Haken muß heraus. Ich ziehe — er rührt sich nicht. Ich ziehe noch einmal — umsonst. Ich muß eine Zange holen. Ich steige hinunter, suche in der Werkzeugkiste eine Zange und finde sie in der Gewürzbar, in dem Gefäß, auf dem »Majoran« steht. Ich steige wieder auf die Couch, fasse den Haken mit der Zange — hopp! Nichts. Noch einmal — hopp! Ein Stückchen. Noch einmal — hopp! Der Haken geht plötzlich mit einem Ruck heraus, die Zange hält ihn, ich halte die Zange, wir fliegen von der Couch herunter, ich schlage mir das Kreuz an, Haken und Zange sind unverletzt. Nur noch mühsam steige ich wieder auf die Couch, finde das richtige Pünktchen, halte das Bild hin, halte den Haken hin, schlage mit dem Hammer drauf los, stärker, stärker, noch stärker — es rührt sich nichts. Ich muß an einen Ziegel geraten sein. Durch die Kraft, mit der ich zugeschlagen habe, rieselt die Mauer aus Loch Nr. 1. Ich muß, damit man das nicht sieht, das Bild weiter nach rechts hängen. Das ist gut so, ein modernes Bild soll nicht in der Mitte hängen. Ich schlage ein drittes Loch, diesmal ganz ohne Schwierigkeiten, Loch 1 ist verdeckt, aber Loch 2 ist zu sehen. Ich mache ein viertes Loch, jetzt sieht man von Loch 1 und Loch 2 nur ein Stückchen, aber Loch 3 sieht man in seiner ganzen Größe. Ich muß, um es zu verdecken, das Bild höher hängen. Ich entschloß mich zu einem fünften Loch. Als das Bild endlich seinen Platz gefunden hatte, war es von genau vierundzwanzig Löchern malerisch umrahmt.

Meine Frau kam nach Hause. Sie starrte auf die Wand und stieß einen Schrei aus. Ich war froh, das Bild gekauft zu haben, es schien ihr wirklich Freude zu bereiten.

»Was hast du da gemacht?« fragte sie.

Die Gute machte sich Sorgen wegen des Preises. Ich drück-

te verlegen herum. »Es ist unser Hochzeitstag«, sagte ich. »Und deshalb schlägst du Löcher in die Wand? Und die Vitrine! Du lieber Gott!«
Alles hat sie gesehen. Die Löcher, die Vitrine, nur das Bild nicht.
»Und das Bild?« fragte ich deshalb ziemlich laut.
»Welches Bild?« Sie hob den Kopf. »Ach ja!« Gleichgültig, kein Ton der Freude, kein Wort der Dankbarkeit. Im Gegenteil. Sie setzte sich auf die Couch, starrte vor sich hin und begann plötzlich bitterlich zu weinen.

Nicht aus Reue, weil sie mir unrecht getan hatte. Das Bild war ihr auf den Kopf gefallen.

Streit nennt man ein lautes Gespräch zwischen zwei Menschen, von denen jeder zuerst das letzte Wort haben möchte.

Hundefreunde

Kahn und Wechsler standen vor Gericht. Grund der Klage: Ehrenbeleidigung. Sie, geneigter Leser, und Sie, schöne Leserin, werden nun fragen: Wer hat wen beleidigt? Drauf antworte ich: Der Kahn den Wechsler und der Wechsler den Kahn. Beide liefen zum Kadi, und in beiden Fällen wurde dem Klagebegehren stattgegeben. Die beiden Verhandlungen sollten am selben Tag stattfinden — 10 Uhr: Kahn contra Wechsler, 11 Uhr: Wechsler contra Kahn. Ich hätte Wechsler, den ich seit Jahren kenne, niemals für einen Menschen gehalten, der einen andern beleidigen könnte, aber man täuscht sich. Also ging ich zu Gericht, um mir die Verhandlung anzuhören.

Der Tatbestand: Kahn und Wechsler, die einander nicht kannten, waren im Supermarkt einkaufen. Sie fuhren mit ihren Wägelchen dahin, nahmen da etwas, dort etwas — plötzlich, vor den Waschmitteln, stießen sie zusammen.

»Was ist denn? Können Sie nicht aufpassen?« schrie Kahn.

»Entschuldigen Sie«, meinte Wechsler höflich, »ich habe Sie nicht gesehen.«

»Dann machen Sie Ihre Augen auf! Wissen Sie nicht, daß Rechts Vorrang hat, Sie Idiot?«

»Selber Idiot!« schrie nun auch Wechsler. »Sie sind in einem Tempo dahergekommen, daß ich nicht mehr bremsen konnte! Außerdem sind Sie der Dame hier vorgefahren! Haben Sie nie gehört, daß man auf der Strecke zwischen Waschpulvern und Essiggurken nicht vorfahren darf?«

»Ich denke, Sie haben mich nicht gesehen?« fragte nun Kahn ironisch.

»Gesehen habe ich Sie, aber zu spät!«

»Weil Sie nicht auf den Weg, sondern auf die Salami geschaut haben! Sie haben wohl schon lange keine Salami bekommen, Sie Hungerleider, Sie!«

»Beleidigen Sie mich nicht, Sie Niemand! Wenn Sie nicht fahren können, kaufen Sie beim Greißler ein und nicht im Supermarkt!«

Die Leute sammelten sich an und standen um die beiden herum.

»Schau, schau«, sagte Kahn, wieder ironisch. »Der Herr will mir sagen, wie ich fahren soll!« Und fügte schreiend hinzu: »Ich glaube, es gibt in Wien keinen Supermarkt, in dem ich nicht schon gefahren bin!«

»Und ich bin nicht nur in Wien gefahren, sondern auch schon in Krems und in Wels! Ich bin ein internationaler Fahrer!«

»Sie sind ein Lügner!«

»Und Sie sind ein Trottel!«

Der Geschäftsleiter näherte sich. »Was ist denn los, meine Herren?«

»Der Herr will mir beibringen, wie ich fahren soll!« sagte Kahn. »Sie wissen, daß ich fast täglich hierherkomme. Ich kenne die Strecke seit Jahren! Wissen Sie, was der Ochs behauptet? Zwischen Waschpulvern und Essiggurken darf man nicht vorfahren!« Und wieder schrie er Wechsler an: »Zwischen Schuhcreme und Bananen darf man nicht vorfahren! Merken Sie sich das, Sie Verbrecher!«

»Verbrecher sagen Sie zu mir?« Wechslers Kopf lief rot an.
»Ich habe es gehört!« sagte einer der Umstehenden, ein kleines Männchen.
»Sie werden mir als Zeuge gehen!« Der Kleine verdrückte sich.
»Ich habe gesehen, wie mir der Herr vorgefahren ist«, mischte sich eine Dame ein. »Ich dachte mir noch: Jetzt kracht's! Da war es auch schon geschehen.«
»Da hören Sie es, Sie Pirat!«
»Sie Strandräuber!«
»Sie Vagabund!«
»Beruhigen Sie sich doch, meine Herren«, versuchte der Geschäftsleiter zu schlichten.
Da kam auch schon das Männchen von vorhin mit einem Polizisten an.
»Was ist hier geschehen?« fragte der Freund und Helfer.
Von allen Seiten wurde ihm geschildert, was geschehen war.
»Pirat hat er zu mir gesagt!« schrie Kahn.
»Und er zu mir Strandräuber!«
»Und er zu mir Vagabund! Ich erhebe die Klage! Der Mann muß ins Zuchthaus!«
»Das können Sie dem Richter erzählen, aber nicht mir. Gehen Sie zur Kassa, bezahlen Sie und verlassen Sie das Geschäft.«
Das also hatte sich ereignet, und das war der Grund, weshalb die beiden vor dem Richter standen.
Der Richter nahm die Daten auf. »Bevor wir in die Verhandlung eingehen«, schlug er vor, »wollen Sie sich nicht versöhnen und die Klagen zurückziehen?«
»Versöhnen?« meinte Wechsler außer sich. »Mit dem? Wo er mich einen Verbrecher genannt hat? Niemals!«
»Sie haben aber den Kläger auch ganz schön beleidigt ...«

»Dann verurteilen Sie mich, Herr Rat. Wenn *meine* Klage drankommt, werden wir sehen, wer mehr bekommt.«
»Wie Sie wünschen. Sie waren also beide im Supermarkt und sind dort mit einem jener Wagen gefahren, wie sie den Käufern zur Verfügung stehen.«
»Gefahren? Gerast ist er! Ein Glück für ihn, daß er nicht ins Röhrl blasen mußte! Der Kerl hat mindestens drei Promille gehabt!«
»Und für Sie war es ein Glück, daß mein Hund nicht dabei war!« schrie Kahn. »Der hätte Sie bestimmt gebissen!«
»Ihr Hund?« lachte Wechsler höhnisch. »Das muß ein schöner Hund sein, der Sie als Herrl akzeptiert.«
»Und ob das ein schöner Hund ist! Aber was verstehen Sie schon von Hunden!«
»Wieso? Glauben Sie, ich habe *keinen* Hund?«
»*Sie* haben einen Hund?« fragte Kahn zweifelnd.
»Und *was* für einen Hund! Wenn *Ihr* Hund *meinen* Hund sieht, kriegt er solche Minderwertigkeitskomplexe, daß er sich eine Kugel durch den Kopf schießt.«
»Meine Herren ...«, sagte der Richter fassungslos und sah von einem zum andern. Die beiden hörten ihn nicht.
»Wie heißt Ihr Hund?« fragte Kahn.
»Maria Stuart.«
»Ein Mädchen?«
»Ja«, lachte Wechsler glücklich. »So klein ist sie und bellt wie ein Bernhardiner.«
»Stört Sie das nicht?«
»Im Gegenteil. Ich brauche einen Hund, der Krach macht, damit mich meine Frau am Abend mit ihm spazierengehen schickt.« Beide lachten.
Dem Richter verschlug es die Rede.
»Wie heißt *Ihr* Hund?« fragte Wechsler.
»Sokrates. Weil er so gescheit ist. Ich lege ihm jeden Morgen drei Schilling auf die Zunge, damit er mir die Zeitung

holt. Neulich kommt er eine Stunde lang nicht zurück. Ich, besorgt wie ich bin, laufe hinunter — was sehe ich? Meinen Sokrates mit einer Hündin, die ihn unbedingt verführen will. Aber er ist ihr nicht hereingefallen. Er hat gewußt, sie hat es nur auf sein Geld abgesehen.«

»Süß! Aber meine Maria Stuart ist auch nicht dumm. Die kann sogar Schach spielen.«

»Und da treten Sie nicht auf mit ihr?«

»Dazu spielt sie zu schlecht. Gestern hat sie fünf Partien verloren.«

»Meine Herren ...« Der Richter klopfte ungeduldig auf den Tisch.

»Was ist Ihr Hund für eine Rasse?« fragte Kahn.

»Eine sehr seltene. Eine Kreuzung zwischen einem Neufundländer Schäferhund und einem malteserstichelhaarigen Dobermann. Und Ihrer?«

»Meiner ist eine Kunstzucht zwischen einem schottischen Griffon und einem indischen Pußtahund. Was frißt Ihrer?«

»Am liebsten Salzburger Nockerl. Und Ihrer?«

»Marmeladepalatschinken. Baden Sie ihn?«

»Einmal wöchentlich in legierter Ochsenschwanzsuppe. Aber wenn Sie sagen«, fuhr Wechsler interessiert fort, »daß Ihr Sokrates ein Bub ist? Meine Maria Stuart ist, wie gesagt, ein Fräulein — da könnte man doch vielleicht ein bißchen Vorsehung spielen?«

»Gern. Obwohl ich das Geschick der Kinder nicht beeinflussen möchte.«

»Sagen Sie doch ja!« bat Wechsler. »Stellen Sie sich die herrliche Mischung vor. Ein malteserstichelhaariger Wolfsdobermann und eine schottisch-indische Griffonpußtahündin!«

»Meine Herren ...«, stammelte der Richter.

»Wo könnten wir sie miteinander bekannt machen?« fragte Kahn.

»Weißt du, was, lieber Freund? Komm morgen mit ihm zu uns zum Abendessen. Meine Frau und meine Tochter werden sich freuen.«
»Du hast eine Tochter?«
»Achtzehn Jahre. Studiert Medizin.«
»Ich habe einen Sohn. Fünfundzwanzig Jahre. Dr. phil. Vielleicht könnten wir bei der Gelegenheit —?«
»Vielleicht.« Die beiden versöhnten sich.
Ungefähr drei Monate nach der Verhandlung erhielten wir eine Einladung: »Frl. Senta Wechsler und Herr Dr. phil. Camillo Kahn empfehlen sich als Verlobte.«
Am selben Tag besprach man auch in Hundekreisen ein freudiges Ereignis: Maria Stuart hatte drei Junge bekommen, der Vater war Sokrates, zwei von den dreien sahen aus wie Reibeisen, das dritte wie ein Bettvorleger. Für Kahn und Wechsler aber waren es die schönsten Hunde, die es gibt.

Apropos: Der Richter bekam einen längeren Urlaub, den er in einer Nervenheilanstalt verbrachte.

Wenn ein Theaterstück Erfolg hat, denkt jeder der Mitwirkenden: Kunststück, ich war eben gut! – Hat es einen Mißerfolg, sagen sie gemeinsam: Das Publikum war schlecht. So oder ähnlich sprach:

Sacha Guitry.

Premiere

Was halten Sie von ernsten, seriösen Menschen, die Operettenbücher schreiben oder alte, bewährte Operetten für das Fernsehen bearbeiten? Ich bewundere sie, ich bete sie an, ich verehre sie. Ich gehöre nämlich zu ihnen. Ich halte die Tradition in Ehren, das richtet mich auf und bringt Tantiemen. Sie dürfen nicht glauben, daß es so einfach ist, eine Operette zu schreiben. Da ist vor allem einmal die Handlung. Ich weiß, die kann man stehlen und wenden. Da sind aber auch die Dialoge. Soweit es sich um Liebe dreht, versucht man, sich zu erinnern. Was habe ich damals der Blonden gesagt, bevor wir, oder was habe ich damals der Schwarzen gesagt, nachdem wir? Es fällt einem wieder ein. Aber die Witze! Das Publikum will lachen. Es ist klar, daß so etwas die Kritiker verstimmt, die Kritiker wollen Probleme. Wenn die wüßten, was ich für Probleme habe, bis so eine Operette fertig ist.

Der erste Akt spielt, sagen wir, in einem Antiquitätengeschäft. Was liegt näher als der folgende Dialog zwischen den beiden Komikern. Den einen spielt Toplitz, den andern Holberg.

Toplitz: Wer sind die Leute auf diesen Bildern?
Holberg: Die Ahnen.
Toplitz: Von wem?
Holberg: Von dem, der sie kauft.

Ich lache schon beim Niederschreiben dieser Worte. Das ist ein Witz, der einem einfallen muß. Entweder man hat ihn, oder man hat ihn nicht. Ich habe ihn — und zwar aus einem englischen Musical, das ich in London gesehen habe. Aber wird unser Publikum darüber lachen? Und wird Holberg die Pointe bringen können? Er wird sie *nicht* bringen können. Also muß ein anderer Witz her. Ich habe einen, um den zu verwenden, müßte allerdings der erste Akt in einem Eisenbahncoupé spielen, was absolut möglich wäre. Toplitz spielt den Schaffner, Holberg den Passagier.

Toplitz: Ihre Fahrkarte, bitte.
Holberg: Ich habe sie verloren.
Toplitz: Erwarten Sie, daß ich das glaube?
Holberg: Warum nicht? Ich glaube ja auch, daß die Bundesbahn Geld verliert.

Das geht, das kann er bringen, dazu ist er dumm genug. Außerdem bleibt der Witz aktuell, weil die Bundesbahn immer Geld verlieren wird. Soviel über Witze, jetzt kommen aber erst die Gesangstexte. Versuchen Sie einmal einen genialen Einfall zu haben wie diesen:

Komm mit nach Teheran,
Dort komm ich an dich näher ran!

Glauben Sie, daß das so leicht ist? Wenn ja, warum hat Shakespeare es nicht geschrieben? Oder Goethe? Oder Schiller? Aber lassen wir das, ich wollte nur meine Probleme aufzeigen.

Nehmen wir nun an, die Operette ist fertig, sie wird von einem Theater angenommen, die Premiere findet statt. Das Haus ist voll, Tenor und Sängerin singen und spielen ihre Liebesszenen so überzeugend, daß jeder im Publikum denkt: »Die haben auch privat etwas miteinander!« Dasselbe gilt für den Buffo und die Soubrette. Unbeschwert fliegen sie im Tanz dahin, daß alle sagen: »Die sind auch im Leben ineinander verliebt!« Und dann kommt der Komiker. Er schleudert einen Witz nach dem andern in den Zuschauerraum, und die anwesenden Frauen denken: »Mit dem möchte ich verheiratet sein! Da könnte ich den ganzen Tag lachen! Der ist bestimmt kein solcher Griesgram wie mein Mann.«

Und dann, nach dem dritten Akt, fällt der Vorhang. Die Darsteller stehen, glücklich lächelnd, in einer Reihe auf der Bühne und nehmen den Applaus des Publikums entgegen. Und nun will ich Ihnen verraten, was jeder der Künstler denkt.

Der Tenor, seine Partnerin, die Sängerin, an der Hand haltend:

Schön hätte sie ausgeschaut, wenn ich nicht mit ihr gesungen hätte. Nach ihrem Solo hätte sich keine Hand gerührt, aber sie hat ja die Claque bezahlt. Ich möchte wissen, was sie das kostet. Glotz nicht ins Publikum und lächle mich an, du Gans! So ist's recht. Jetzt muß ich ihr noch die Hand küssen! Das wäre auch überstanden. Morgen muß ich ihr wieder sagen, daß sie nicht soviel Puder auflegen soll. Abgesehen davon, daß sie ausschaut wie ein Geist und daß kein Mensch verstehen wird, wie ein Mann wie ich sich in so etwas verlieben kann, macht sie mir auch noch den Frack weiß. In jeder Operette, in der ich einen Frack trage, legt sie ihr verdammtes Wuschelköpfchen auf meine Schulter. Hundertmal habe ich es ihr schon gesagt, aber sie macht es ja absichtlich, weil sie weiß, wie schwer es ist, solche Flecken zu entfernen. Lächle mich an, du Kuh, lächle! Endlich! Der letzte Vorhang!

Die Sängerin:

Gott sei Dank, daß das vorüber ist! Mit diesem Ekel zu singen ist wirklich kein Vergnügen. Wozu geht so ein

Mann zum Theater? Es gibt doch so viele andere Berufe. Aber was hätte er schon werden können! Für einen Beamten ist er zu dumm, für einen Vertreter zu blöd und für einen Playboy zu fad. Mit seinen Qualitäten *konnte* er nur Tenor werden. Jetzt lächelt er mich noch an, und ich, ich muß zurücklächeln. Gut hätte er ausgeschaut, wenn ich nicht mit ihm gesungen hätte. Ich weiß nicht, wie ich dazukomme, meine Stimme zurückzuhalten, nur damit man ihn überhaupt hört. Wo sind meine Blumen? Endlich bringt man sie. Neun Körbe? Wieso? Ich habe doch zehn bezahlt?! Schon wieder lächelt mich dieses Vieh an. Bäh! Jetzt küßt er noch meine Hand. Ich muß sie sofort mit Alkohol waschen, sonst riecht man noch morgen das ekelhafte Parfüm, das er benützt. Ich freue mich nur, daß ich seinen Frack weißgemacht habe. Das kann er nicht leiden. Endlich! Der letzte Vorhang!

Der Buffo, die Soubrette an der Hand:

Das war wieder ein Abend! Zweimal ist sie mir beim Tanz auf den Fuß gestiegen, wo sie weiß, daß ich ein Hühnerauge habe. Sie denkt, weil sie mit mir liiert ist, kann sie sich alles erlauben. Abnehmen muß sie auch, ich kann sie nicht mehr hochheben. Was drückst du dauernd meine Hand, du Bestie? Richtig, sie hat mir gesagt, daß ich beim Verneigen auf sie zeigen soll. Na schön, ich tu ihr den Gefallen. Jetzt freut sie sich, die dumme Pute. Ich begreife nicht, wie man so eitel sein kann. Na, zeig schon auf mich! Oder denkst du, du stehst allein auf der Bühne? Wenn ich sie nur schon los wäre! Aber wie? Wir sind nun mal die Lieblinge in diesem Kaff! Alle meine Kollegen haben mit ihren Partnerinnen Liebschaften gehabt, und alle haben sie wieder angebracht, nur ich nicht. Ich weiß nicht, was ich falsch mache. Endlich! Der letzte Vorhang!

Die Soubrette:

Habe Dank, lieber Gott, ich habe ausgelitten. Es ist kaum zu glauben, daß auch *so* ein Abend vorübergeht. Was habe ich verbrochen, daß ich diesen Kerl ertragen muß! Nicht einmal tanzen kann er mehr. Er ist zu schwer, weil er zuviel frißt. Jetzt wird er wieder sagen, ich bin ihm auf das Hühnerauge gestiegen. Hättest du den Fuß zurückgezogen, wie wir es probiert haben, du Kamel! Aber er merkt sich ja nicht einmal die einfachsten Schritte. Wie ich mich mit so etwas einlassen konnte! Jetzt zeigt er auf mich. Ein Wunder, daß er das nicht vergessen hat. Werner applaudiert mir aus seiner Loge zu. Ich danke dir, Liebster! Auch für das Armband, das du mir in die Garderobe geschickt hast. Ich werde es nur tragen können, wenn ich mit dir allein bin. So borniert der Schöps ist, es würde ihm auffallen. Morgen um vier. Ich kann es kaum erwarten. Richtig, ich muß ja auf *ihn* zeigen! Verbeuge dich nur! Hoffentlich merkst du, wie der Applaus nachläßt, wenn du dich allein verneigst. Ach, möchte ich schon gern von dir erlöst sein, aber wie? Wie soll ich dir beibringen, daß ich einen andern liebe? Schließlich will ich nicht, daß du Selbstmord begehst. Werner würde mich heiraten, sobald er von seiner Frau geschieden ist. Wie werde ich dich los? Endlich! Der letzte Vorhang!

Der Komiker:

Was applaudiert ihr, ihr Lemuren! Glaubt ihr, es macht mir ein Vergnügen, hier den Affen abzuziehen? Und alles, damit ihr lacht? Und dann lacht ihr gerade dann nicht, wenn ich es will! Zum Beispiel bei meinem Extempore. Der Regisseur wollte es nicht, Holberg wollte es nicht, und ich habe es durchgesetzt. Und ihr sitzt unten und verzieht keine Miene. Morgen wird es gestrichen, und ich bin blamiert. Ein Künstler, der in seiner Jugend den Hamlet und den Don Carlos gespielt hat, muß hier den Operettendreck spielen! Nur weil ich mich in Linz in die Naive verliebt habe und mich mit ihr hierher engagieren ließ. Heute ist sie komische Alte, aber mir hat sie meine Karriere zerstört! Oh, wie ich alle Weiber hasse! Zum Glück spiele ich

nur noch bis zur Pension. Was mich heute freut, ist, daß ich der einzige bin, der gefallen hat. Erfolg am Theater ist etwas Schönes, aber die Mißerfolge der Kollegen sind auch nicht zu verachten. Ha, ha! Verneigt euch nur, macht euch lächerlich, seht ihr denn nicht, daß der ganze Applaus nur mir gilt? Endlich! Der letzte Vorhang!
Ich, hinter den Kulissen stehend:
Applaus, vierzehn Vorhänge, und keiner holt mich auf die Bühne! Was glaubt ihr eigentlich? Denkt ihr, den Erfolg habt *ihr* gemacht? Der Erfolg war mein Stück! Holt mich doch endlich! Ich weiß nicht, warum ich diesem undankbaren Gesindel immer so gute Rollen schreibe! Was ruft der Regisseur? »Den Autor! Holt den Autor!« Ich winke lächelnd ab. Er soll denken, ich will nicht. Na also, jetzt kommt die Sängerin auf mich zu. Sie ist mir von allen noch die liebste. Jetzt bleibt das Aas wieder stehen! Jetzt sagt sie der Soubrette (Gott, war die wieder schlecht!) etwas ins Ohr, und jetzt kommen beide, um mich zu holen. Ich sträube mich, was gar nicht so leicht ist, wenn man sich nicht sträuben will. Der Regisseur gibt mir einen Stoß — ich stehe auf der Bühne. Tosender Beifall! Noch ein Vorhang, noch einer und noch einer! Das Publikum versteht, daß nur mein Stück den Abend so amüsant gemacht hat. Ich muß auf den Dirigenten zeigen, er wartet schon die ganze Zeit auf diesen Augenblick. Jetzt spielt er den Überraschten. Verlegen verneigt er sich, der unbegabte Trottel, und zeigt auf die Musiker.
Die Musiker:
Du kannst uns danken. Wenn wir nicht gespielt hätten, wie *wir* wollten, hättest du die ganze Vorstellung geschmissen! Endlich! Der letzte Vorhang!
Im Zuschauerraum wird es hell, die Zuschauer verlassen das Theater, nur die Claque tobt weiter. Da wir wissen, daß sie von der Sängerin bezahlt wurde, lassen wir sie allein vor den Vorhang gehen.

Hinter der Bühne folgt nun das übliche Händeschütteln, das Umarmen, das Küssegeben. Und dann geht's zur Premierenfeier.

Während des Essens erscheinen bereits die ersten Kritiken. Wir erfahren, daß ein solcher Mist schon lange nicht da war und daß der Erfolg nur dem glänzenden Zusammenspiel des aufeinander eingestellten, spielfreudigen Ensembles zu danken ist.

Wenn man nicht dankbar ist für das, was man hat, sollte man dankbar sein für das, was man *nicht* hat.

(Unbekannt)

Epilog

Die Turmuhr schlug Mitternacht. (Den Satz muß ich schon wo gelesen haben.) Ich schlief, als ich plötzlich eine leichte Erschütterung verspürte. Ich wachte auf und erschrak.
Was soll das? werden Sie sich wundern. Weiß er nicht, daß er dieses Buch mit denselben Worten begonnen hat? Doch, lieber Leser — doch, schöne Leserin. Er weiß es. Warum ich es dann noch einmal schreibe? Weil sich genau dasselbe noch einmal ereignet hat.
Ich wachte also auf und erschrak. Auf meinem Bett saß ein Mann. Und nun erkannte ich ihn. Es war der Vampir.
»Hello!« sagte er.
»Hello, Vamp!« sagte ich. »Ich dachte, Sie wären längst in Pension?«
»Urlaubsvertretung«, erklärte er mir. »Ansonsten bin ich in Pension, seit ich Sie das letztemal besuchte. Vierhundert Jahre habe ich auf diese Altersversorgung hingearbeitet, dann hätte ich sie fast nicht bekommen, wie Sie wissen. Wären Sie damals nicht so anständig gewesen, mir zu erlauben, Ihnen ein bißchen Blut auszusaugen ...«
»Reden wir nicht mehr davon«, unterbrach ich ihn. »Aber sind Sie heute nicht in derselben Lage? Es ist Ihnen doch verboten, wie Sie mir erklärten, Schlafende zu wecken,

ehe Sie nicht Ihren Job ausgeführt haben. Und jetzt —?«

»Machen Sie sich keine Sorgen. Bei uns wurde inzwischen das Strafrecht reformiert.«

»Und warum sind Sie gekommen?«

»Weil ich Sie noch einmal sehen wollte, ehe ich mich für immer zurückziehe. Ich bin versorgt, meine Kinder sind erwachsen ...«

»Sie haben Kinder?« wunderte ich mich.

»Zwei«, nickte er. »Schade, daß ich keine Fotos bei mir habe. Mein Sohn ist zweihundertvierzig, meine Tochter einhundertachtzig. Ihr Verlobter ist übrigens ein Enkel Draculas ...« Er hatte die ganze Zeit über in seiner Brieftasche gesucht. »Hier!« freute er sich. »Hier habe ich ein Foto!« Er gab es mir. Zwei Monstren, mit gewaltigen Vampirzähnen, sahen mich an. »Reizend!« sagte ich.

»Nicht wahr?« meinte der Vampir mit einem gewissen Vaterstolz. »Ich bin aber noch aus einem andern Grund gekommen, nicht nur, um Sie noch einmal zu sehen. Ich überbringe Ihnen den Dank meiner Kollegenschaft. Wir haben gehört, daß Sie ein Buch schreiben, das den Menschen klarmachen soll, daß wir gar nicht so schlimm sind, wie uns der Film zeigt. Stimmt das?«

»Ja. Mir fehlt nur noch eine einzige Geschichte, und zwar die letzte. Das heißt — Moment —, ich hab sie! Ich darf doch Ihr neuerliches Erscheinen bei mir für mein Buch verwenden?«

»Selbstverständlich.«

»Dann bin ich fertig.«

»Es freut mich, daß ich Ihnen meine Dankesschuld auf diese Weise abtragen kann. Ich werde Sie nie mehr aufsuchen, und auch kein anderer Vampir wird Sie jemals belästigen. Ich muß fliegen. Auf Nimmerwiedersehen!« Er stieg auf das Fensterbrett und war weg. Ich sah ihm nach. Es tat mir fast leid, daß ich ihn nie mehr sehen sollte.

Dann setzte ich mich zur Schreibmaschine und brachte zu Papier, was ich eben erlebt hatte.
Und damit hoffe ich, Sie überzeugt zu haben. Vampire sind gar nicht schrecklich, Vampire sind gut, Vampire sind dankbar. Und deshalb bitte ich Sie:

Seid nett zu Vampiren!